ノベル

肇×唯

Novel
Haji×Yui

|著者|
秋月あかね
Akizuki Akane

|イラスト・漫画|
あゆ河
Ayukawa

|設定協力|要こころ

contents

#1

推される
はじゆい

Haji × Yui

#1

推されるはじゆい

　突然だが、私には秘密がある。

　どれだけ仲の良い友だちができようとも、打ち明けたことはない私の秘密。今後もそんな機会が訪れるのかは、神のみぞ知るところだ。

　きっかけは、高校生の姉の部屋で見つけた一冊の本だった。

　そこには私の知らない世界が広がっていて、中学に上がったばかりだった私はあっという間にその魅力に取り憑《つ》かれてしまった。そして一年経《た》った今でも抜け出せないほど、今や私の生活の一部となっている。

　一人で秘密を抱えることに、さみしいという気持ちは少しある。一緒に分かち合えるような存在がいたのなら、きっと楽しい時間を過ごせるのだろう。だけど私にはその一歩が、とてつもなく困難なものに思えてならないのだ。

　だから私はただひっそりと、神々が生み出す物語に心を沈め続ける。これ以上の幸せはない。それで十分だろうと自分に言い聞かせながら。

　ＢＬをこよなく愛する女子であること。それが私の秘密だった。

私には、現在推しに推しているカプがいる。

クラスメイトの三好肇《みよしはじめ》くんと、去年同じクラスだった山科唯《やましなゆい》くん。二人を掛け合わせた、肇×唯である。

これまで一次創作や二次創作にどっぷり浸かったことはあるが、さすがにナマモノは初めて。しかも身近にいる二人をお借りして、あれやこれやを妄想するのはいかがなものかと戸惑う気持ちはあるものの、止められないくらいにエモすぎるのだ。

なにがって……彼らの関係が、だ！

三好くんは圧倒的顔面力を誇る、我が学校一のイケメンである。

普段は無表情で、周りへの対応も基本は塩。だけど山科くんの前だと纏《まと》う空気がちょっとだけ緩むことに、私は気づいてしまった。

なにそれ。お前にだけ見せる微笑《ほほえ》みとか、需要しかないんですけど。

対して山科くんは、一見して普通の男子中学生である。おとなしい性格も相まって、目立つタイプの生徒ではない。

しかしよくよく注目してみると、彼が整った容姿をしていることに気づく。

三好くんがクール系男子であるならば、山科くんは可愛い系男子といったところだろうか。

そんなタイプの違う二人は、もちろん属するグループも異なっている。というかそもそもクラスからして違っているというのに、毎日のように仲良く下校を共にしているのはなぜか。

それは……二人が幼なじみだから、だ！

幼なじみ。こんなにも胸躍る響きを持つ関係性など他にあるのだろうか。いや、ない。

すべての幼なじみが親しいわけではないと理解している。性格のまったく違う二人ならなおさらだろう。

だけど二人は自分と違った考えを持つ相手を受け入れ、尊重し合い、成長した今でも関係を継続させている。こんなにもエモいことってなかなかないよ。もう付き合ってるじゃん、絶対付き合ってるじゃん。

ここで誤解のないように言っておくが、私は妄想と現実の区別がつかないほど痛いやつではない。いや、同級生二人をつかまえて興奮している時点でだいぶ痛いのだけど、そうじゃなく。私は自分の理想を押し付けるような真似はしない。私はちゃんと、二人が良き友人同士であることを理解している。

これ絶対付き合ってるだろ、と滾《たぎ》りつつも、もう一人の自分が「まあ付き合ってないんだろうけど」とツッコミを入れる程度には冷静なつもりだ。

ただの仲の良い友だち、大いに結構。ただ、仲睦《むつ》まじげな二人を遠くから見守ることに至上の喜びを覚えるのだけは許してほしい。

なんてことを、口には出さず日々考えていた。

・＼●／・

ある日の放課後のことだ。

学級委員の仕事を終えた私は、もう誰も残っていないだろうと予想して訪れた教室で、人影を見つけた。

白い肌、日の光を吸い込むツヤツヤの黒髪。気だるげに窓の外を眺めていた切れ長の目がこちらを振り返ると、まっすぐに私を射抜いた。

そこにいたのは、三好くんだった。いつも頭の中で大変お世話になっている推しその①の、三好肇くんである。

なんで、ここに。

いやなんでもなにも、同じクラスなんだから教室にいるのは当たり前なんだけど。

ただ、掃除当番でもなく、テスト前で部活もないはずの彼が、どうして放課後に残っているのか。本来であれば、とっくの昔に山科くんと一緒に帰っている時間帯のはず。

あ、もしかして山科くんを待ってるのかな。きっとそうだ、それ以外に考えられない。

だけど私が違和感を覚えたのには理由がある。なぜか三好くんは自分の席ではなく、私の前の席に座っていたのである。そこの席の人、別に三好くんと仲の良い男子とかでもないんだけど。

三好くんはなにも言わず、ただこちらをまっすぐに見つめてくる。うっ、正直居心地が悪い。

というのも実は私、三好くんのことが苦手だったりする。

鑑賞対象としては大いに命が助かってはいるものの、常に陽キャに囲まれ冷めた雰囲気を纏う彼と、陰キャ代表とも言える私との接点は皆無。話したことどころか、こうして視線を交わすのだって初めてなんじゃないかと思えるほどだ。

そんな相手と、二人きりと呼べるこの状況。はっきり言って逃げ出したい。

それにしても、相変わらず顔がいい。目鼻立ちが整いすぎて同じ人類とは思えないな。二次元から飛び出してきたと言われても信じるぞ、私は。

しかし美しいものを見つめるのは大好きでも、美しいものから見つめられるのはいたたまれなさすぎる。

三好くんの視線に堪えかねて目線を下げれば、ふと彼の前に置かれたものが目に入った。見覚えのありすぎるあのくたびれた冊子は、掃除に向かうまでは私の机の上に置かれていたものだ。

そう、あれは見紛うことなく、学級日誌でしかない。

「あ、み、三好くん、それ……」

「今日、ごめん。日直だって、さっき知って」

そう、今日の日直は私と三好くんだったのだ。

日直の仕事は主に授業後の黒板をきれいにすることと、日誌の記入。今日はなかったけど、先生からプリントの配布やノートを運ぶよう頼まれたりなんかもする。

だけど三好くんはと言えば、今日はずっと役目を果たすことなく素知らぬ顔で一日を過ごしていた。だからてっきりすっぽかしているものかと思っていたのに。

ただ本気で忘れていただけのようだ。表情こそ変わらないように見えるものの、うつむいたせいで顔に差した影からは申し訳なさが伝わってくる。

「全部委員長に任せちゃったし、日誌くらいは書こうと思ったんだけど。今日ほとんど授業寝てたから内容わかんなくて。なにやったか教えて」

「そうだったんだ。私こそ声かければよかったね。でも気にしなくてよかったのに」

「よくねーし」

私、三好くんのことを誤解していたのかもしれない。日直なんて面倒な仕事は他の人に押し付けて平気でいられる人だなんて、どうして思っていたんだろう。

上っ面を眺めるばかりで彼の人となりを知ろうともせず、勝手に住む世界の違う人だと決めつけて、切り捨てていたんだとその時初めて気がついた。

今日の授業を振り返りながら、私が言ったことを三好くんが日誌に書きつけていく。授業は寝ていたと言うくせに、今日初めて習ったはずの理科の用語も止まることなくスラスラと書き込んでいる。

顔も良くて運動もできて、その上勉強もできるんだもんな。天は二物を与えず、なんて言葉は彼には当てはまらないのだろう。

だけど、と考えながら日誌を覗《のぞ》き込む。

初めて知った。三好くんって、字はあんまりきれいじゃないんだ。

おそろしく整った顔やスタイルからは考えられないほど、まるでミミズがのたうち回るかのような字が日誌の上を這《は》っている。かろうじて読めはするけど、きっと確認するであろう担任の歪《ゆが》んだ顔が簡単に想像できる。

私は思わず笑みが浮かびそうになる口元を手で覆い隠した。

か、かわいすぎる……！

なんでもそつなくこなしてしまいそうな風貌をしているくせに、字が下手なんて。でもこんなギャップでさえ、三好くんの魅力を引き立てるものでしかない。可愛い、なにそれ可愛い。

だけど本人は気にした様子もなく、さらさらとペンを動かし続けているのがまた可愛い。きっとこんなのは欠点とも思ってないんだろうな。わが道を突き進む三好くん、解釈の一致です。

順調に授業内容の欄を書き終えた三好くんは、続く「今日の一言」欄も迷うことなく筆を進めている。

私はこういう自由記入欄ってなにを書いたらいいのか結構悩むんだけど、さすがは三好くん。自分の意見にブレはないようだ。

どんなことを書くのかな。興味深く見守っていると、「古文ねむすぎ」と文字までだるそうに綴《つづ》るものだから、ついに私はふき出してしまった。やばいと思った頃にはもう遅い、三好くんが不思議そうにこちらを見つめている。

「あ、ご、ごめん！　私も今日の古文すごい眠かったから、わかるなーって思って」

「委員長でも授業眠いかとあるんだ」

「全然あるよ。特に今日は、昨日夜ふかししちゃったから一日中眠かったし」

「ああ、テスト近いしな」

「う、うん。まあそんなとこ……」

い、言えない。最高にエモいＷＥＢ小説を見つけて夜通し読んでいたから眠いだなんて。

いやあ、なにも私だって徹夜するつもりなんてなかったんだよ。きりのいいとこまで読んで寝ようと思っていたのに、気づけば朝だったんだから驚いた。まさか二十万字を一気に読んでしまうとは。でもそれだけ素晴らしい物語だったんだ、ひきこまれるのも無理はない。

そんなことを一人考えていると、ガラリと扉の開く音が耳に飛び込んできた。三好くんと同時に顔を上げ音のしたほうに目をやると、そこには山科くんが立っていた。

「ごめん、肇。掃除が長引いちゃって……ってあれ？」

「お疲れさま、山科くん」

「二人でなにやってるの？」

「見てわかんだろ。日直」

まさかの推しその②こと、山科唯くんの登場である。

肇×唯、揃《そろ》っちゃったよ。眼福、眼福。ありがとうしかない。

山科くんは当然のように座っている三好くんの隣に並び立ち、私たちが向き合っている日誌を覗《のぞ》き込んできた。

うわ、二人の距離近いな。特に顔が近い。いい意味で、私の心がざわついてしまうくらいの近さだ。つい拝みたくなる気持ちをぐっとこらえる。

二年連続で同じクラスだったのに今日初めて話した三好くんとは違い、山科くんとは去年そこそこ話す機会があった。陰キャが話しかけても優しく受け答えしてくれそうな空気を、山科くんが纏っていたせいだろう。山科くんは陽キャに尻込みしていた様子だし、そんなとこにも親近感を覚えていたのかもしれない。

何度か話したことはある。だけど、こんな山科くんは初めて見る。

肇×唯推しの欲目だろうか。三好くんを見つめる山科くんの目はキラキラと輝いて、頬なんてほんのり色づいて見える。

対する三好くんは表情の変化こそ乏しいものの、言葉に反して山科くんに向ける視線はとても柔らかい、気がする。こちらもオタクの願望かもしれないけど。

は、はじゆいが目の前でイチャついてる……！

この破壊力たるや、想像の比ではない。めちゃくちゃ尊いな。ずっと見ていたい。邪魔者である私は壁かなにかだと思ってくれていいので、遠慮なく二人でずっとじゃれあっていてほしい。なんならお金を払います。

だけどそんなことを考えているなんておくびにも出さない私は、微笑を浮かべて二人のやり取りを目に焼き付けるのみだ。

「日直なんて言ってなかったじゃん。ごめんね、委員長。肇が迷惑かけたよね」

山科くんはまったく悪くないっていうのに、まるで自分のことのように三好くんの不手際を謝っている。なにその身内感。俺の肇がごめんねってやつですか。こんなの彼氏じゃん、絶対彼氏じゃん！

そしてそれを否定することなく、バツが悪そうに目をそらす三好くん。「は？　なんでお前にそんなこと言われなきゃなんねーの。関係ねえだろ」とか思わないんだね。山科くん、関係あるもんね。三好くんに関するすべての関係者だもんね。

山科くんの謝罪に首を振って対応しつつ、二人のエモさに震えだしそうになる体を抑えつけていると、山科くんが「あ」と声を出して日誌を指さしていた。

「日誌くらいちゃんと書きなよ。頑張ればきれいに書けるくせに」

「えっ、三好くんって本当は字上手なの？」

「いや、下手なんだよ。でもね、前に俺が手を怪我《けが》しちゃってノート取れないことがあったんだけど、その時……」

「あーもう、うるせーな。お前邪魔だしどっか行ってろよ」

三好くんの鋭い物言いに、私は体を強張らせた。お、怒ったのかな。どうしよう、私どうしたら。

それまで声を弾ませて話していたのに、三好くんに遮られたことで山科くんは口を閉ざしている。きっと私と同じく困惑した表情を浮かべているのだろう。そう予想をつけて盗み見た山科くんの顔は、しかし気にしたふうもなく「困ったやつだな」とでも言うかのように微笑んでいるだけだった。

なにその包容力。彼女の癇癪《かんしゃく》を優しく受け止める素敵彼氏じゃん。

う、うわあー！　これはきっとあれだね。山科くんは今、自分しか知らない三好くんの一面を教えてくれようとしてたんだよね。だけど三好くんはそんな必要ないと思って山科くんを止めたんだよね。「本当の俺を知ってるのはお前だけでいい」ってやつだよね。わかる！

できることなら山科くんだけが知る、「三好くん実はできるんだぜ」エピソードを拝聴したいところだけど、二人だけの大切な思い出に私なんかの手あかをつけるわけにはいかない。ここは大人しく、涙をのんで引き下がるとしよう。

「はいはい。じゃあ下駄箱で待ってるから」

三好くんの「どっか行け」を守るべく、カバンの肩ひもをかけ直した山科くんは私に挨拶をしてから踵《きびす》を返した。つい今の今まで拗《す》ねたようにそっぽを向いていた三好くんは、山科くんがこちらに背を向けた途端に視線をそちらに移している。

自分で遠くへ追いやってしまったくせに、名残惜しそうに山科くんの背中を見つめ続けているのが可愛い。無表情だから本当のとこはわからないけど。

山科くんは、私たちが日直の仕事を終えるのを待つつもりなのだろう。下駄箱で、一人。きっとこの時間だと通りがかる生徒もいない。ただぼんやりと外を眺めながら三好くんを待つ山科くんの姿が目に浮かぶ。

互いが互いを想いながら離れた時間を過ごすシチュも最高にエモくて大好きだけど、私の一番の望みは並んで笑って過ごしてくれることだ。だとすれば私ができることなど一つしかない。

「あとは日誌を職員室に出すだけだから、三好くんも帰って大丈夫だよ」

「いや、そんくらいは俺が……」

今日、私に負担をかけてしまった分、そのくらいは自分が負うべきだと考えているんだろう。うん、いい人だ。そんな三好くんだからこそ、背中を押してあげたくなるのかもしれない。

「ちょうど先生に質問したいこともあったから、気にしないで。山科くん待たせるのも悪いし」

「……悪い」

私の言葉でためらう気持ちに踏ん切りがついたのだろう。すぐさま立ち上がった三好くんはカバンを手に取ると、慌てたように教室を飛び出していった。三好くんの走る姿なんて、体育の授業以外で初めて見たかも。

それだけ三好くんにとって、山科くんは大事な存在なんだろう。それが私の期待するような関係でなく、ただの友だちなんだとしても。

それだけ必死になれる相手ってそうそう見つかるものじゃない。彼らはそれを互いに理解し合えているのがわかるから、より尊いんだろうな。

帰り支度をしながら、一人になった教室で考える。

それにしても、三好くんは思っていたよりもいい人なのかもしれない。いや三十分も一緒に過ごしてないし、まともな会話なんてほとんどなかったから、私の希望的観測なのかもしれないけど。

でも、ちゃんと謝れる人なんだということはわかった。口も態度もお世辞にもいいとは言えないけど、それでも自分の非を認めることのできる人なんだ。それは人として尊敬できる、彼のいいところだろう。

山科くんが好きになったというのも頷《うなず》ける話だ。

……って違う。私は妄想と現実の区別がつけられる、善良なＢＬ好きだ。どれだけ距離感がバグっていようとも、彼らは友だち。私の願望を押し付けちゃいけない。

彼らが健やかな友情を育む様子を垣間見られるだけで、私は満足なんだから。

ふと、通りかかった昇降口で、夕日に照らされ伸びた影が視界に入った。なにげなくそちらに目を向ければ、見知った背中が二つ。仲睦まじげに寄り添っている。

やっぱり、仲いいな。友だちっていいな。

私もいつか、彼らのように互いを大切に想い合える友だちを作れるだろうか。そんな相手になら、私の秘密の趣味も打ち明けられる気がするから。

なんて清らかな目で見られたのはほんの〇・二秒ほど。彼らの手が重なり合っているのに気がついてから、私は息をするのも忘れた。

あの後ろ姿は間違いなく、三好くんと山科くんだ。推しを見間違う私ではない。その二人が、手をつないでいる。

あれ、この年頃の友だち同士って手までつなぐものだっけ。

小学校の時、仲の良い女の子の友だちとはしたことあったっけな。だけど中学生男子が二人、それなりに成長した体を寄せ合って手をつないでいるとは何事。

いやいやいやいやいや。落ち着いて、そういうこともあるのでしょう。いやそもそもつないでるんじゃなくて重なって見えているだけかもしれないし。

けれどずり下がった眼鏡を押し上げ目を凝らした私の視界に飛び込んできたのは、指先を絡め合っている彼らの姿で……。

は？　恋人つなぎじゃん。これ、どういうこと。

足を止めた私の気配に気づいたのか、ふと三好くんが顔だけで振り返る。私の存在を認めると、つないだほうとは反対の手の人さし指を口元に当てた。

「秘密な」

そんな囁《ささや》きまで聞こえてきそうなほど、彼の頬は緩んで見えて……。

「これ、マジなやつじゃん」

#2

はじゆいと恋の芽生え

Haji × Yui

#2
はじゆいと恋の芽生え

それはある日の下校中のこと。

山科唯は困っていた。

隣を歩く幼なじみの顔を盗み見て、すぐに視線を前に戻す。願わくば勘違いであってほしかったが、どうやらその望みも薄そうだ。希望を捨てた唯は一人、心の中で叫んだ。

怒ってる、絶対に怒ってる……！

山科唯と三好肇は幼なじみだ。隣同士の家に住み、幼稚園に通う頃からよく遊んでいた二人は、小学校高学年になった今でも一緒に登下校するくらい、仲は非常に良好。

そんな肇が明らかに不機嫌なオーラを垂れ流しているのだから、唯は困っていた。

感情の起伏があまり顔に出ない肇だが、短くない時間を共に過ごしている唯である。肇の異変には嫌でも気づいてしまう。

俺、なんかしちゃったっけ。

試しに肇と交わした会話を振り返ってみるも、思い当たる節は一つも浮かんでこない。並んで登校した時も、休み時間も、肇の様子におかしなところはなかったはず。

だけど唯が帰りの支度を終えて、一緒に帰ろうと肇を振り返った時には、すでに顔を曇らせた幼なじみの姿があった。

唯に心当たりはない。では他の誰かになにかされたんだろうか。今日の休み時間はほとんど自分と一緒に過ごしていたから、授業中になにかあったのかもしれない。

不安と心配で綯《な》い交《ま》ぜになった瞳で窺《うかが》うように顔を覗き込んでみる。すると肇は唯の視線を嫌がるように顔を背けてみせた。

明らかな拒絶。そして唯は悟った。

これ、絶対に俺がなんかしちゃったやつだ……！

しかし気づいたところで、相変わらず肇が機嫌を損ねた原因にはピンとこない。二人を包む沈黙は、唯の肩に重くのしかかるばかりだ。

これまでに唯と肇がケンカをしたことは、数え切れないほどある。数分で仲直りしてしまうようなささやかなものから、数日口を利かない大きなものまで。

そしてケンカの大半は、直情的な唯がへそを曲げることから始まっている。今回のように肇が発端となることは少ない。だからこそ、肇が発する怒気に唯は戸惑っていた。

でも、このままじゃダメだ。気まずい雰囲気に気圧《けお》されしばらく押し黙っていた唯だが、いい加減この状況にも耐えきれなくなってきた。

肇と早く仲直りしたい！

肩に乗るプレッシャーごと抱え直すかのように、唯はランドセルの肩ひもをぐっと握ると、うつむいていた顔を上げて立ち止まる。息を吸い、嫌な空気ごと吹き飛ばすような気持ちで、あえて大きな声を出してみた。

「は、肇！」

唯の声に足を止めた肇は、顔だけで後ろを振り返った。むっつりと引き結んだ口はそのままに、「なに」と短く返してくる。

肇のそっけない反応にためらったのは一瞬だけ。二の足を踏みそうになる自分を叱咤《しった》して、唯は続けて声を絞り出した。

「お、俺、なんかしちゃったんなら、謝るから……肇と一緒にいるのにこわいのやだよ……」

込み上げてくる涙をこらえながら、唯は肇をまっすぐに見つめてそう言った。

悪いところがあったのなら言ってほしい。肇を嫌な気分にさせたままではいられない。

そしてなにより、居心地いいはずの肇の隣がつらいものになってしまうのが、唯には耐えられなかった。

声を震わせ、目に涙を溜《た》める唯を認めた肇はぎょっと目を見開いた。途端に苦いものが口の中を満たしていくのがわかる。

そんなにわかりやすかっただろうか。隠していたつもりはない。だけど顔に出したつもりもなかった。ただ普段から感情を読み取られにくい肇は、今回もやり過ごせると高をくくっていただけ。

それがふたを開けてみれば、こんなにも動揺する唯がいたのだから肇は驚いていた。

唯はいつもそうだ。肇がどれだけ押し殺そうと、わずかに揺れる心の機微《きび》を感じ取ってしまう。そんな唯の存在が嬉しかったはずなのに。

今日ばかりは知らないままでいてほしかったと考えている自分に気がついた。

俺のせいで、唯が泣いてる。

肇はただ、自分の中に生まれてしまったもやもやするなにかを持て余し、戸惑っていただけ。唯にそんな顔をさせるつもりなんてなかった。

罪悪感に苛《さいな》まれ始めた肇は、なんと答えるべきか頭を悩ませる。そしてもやもやの原因である、つい数時間前に見た光景を思い出すと、無意識にも眉間に皺《しわ》が寄っていく。するとまたも、なにかが心を黒く塗りつぶしていくのがわかった。

これを唯にぶつけるわけにはいかない。ごまかさなきゃ。なにかもっと別の、それらしい理由を探さなければ。

しかし考えれば考えるほどに、肇の中にはもやもやが降り積もっていく。

こんなこと言うべきじゃない。唯を困らせるだけだ。わかっているはずなのに、気づけば本音が口からこぼれ落ちていた。

「……今日、足立とすげー仲良さそうだったじゃん」

居心地悪そうに唯から目をそらしながら肇が吐き出したのは、そんなセリフだった。

あだちと、なかよさそうだった。あだち……あ、足立？

なじみのない単語にきょとんと目を丸くした唯は、肇の言葉を心の中で反芻《すう》する。それを三度ほど繰り返して、ようやく思い至った。

足立とは、クラスメイトの女子の名前だ。

唯は足立という女子と、これまでほとんど話したことがなかった。クラスは何度か同じになったことがある、と思う。そのくらいの印象しか抱いていない。そしてそれは足立も同じだろう。そんな彼女と唯は、今日の授業で初めて同じ班になった。そこでちょっとした接点を見つけ、少し言葉を交わした覚えはある。だけど肇に指摘されるほど親しげに話していたつもりはない。そもそも会話した時間なんて十分程度のものだ。そんな場面をピンポイントで肇に見られていたとは。

そっか、肇の目にはそう映っていたんだ。

唯は肇の言葉の裏に隠した本心に気づいた。肇はきっと、唯という一番の友だちを取られるようで悲しかったんだろう。それは唯にも覚えのある感情だった。

肇が自分以外の誰かと親しげに話しているのを見ると、なんだか胸がざわざわする時がある。いつか肇に自分以上に気の合う友だちができたらどうしよう、と布団の中で頭を悩ませたことだって、一度や二度じゃない。

だけど肇はいつだって唯を一番に選んでくれている。だから唯がその気持ちを疑ったことはなかった。

唯は自分ばかりが肇の隣に執着しているのだと思っていた。でも肇も同じ気持ちでいてくれたのなら。周りに嫉妬してしまうくらい、自分を特別な友だちとして想ってくれていたのなら。こんなに嬉しいことはない。

肇も、一緒なんだ。肇の心に触れて、唯の中に湧き上がるのは喜びだった。

肇に伝えよう。いつも肇が俺を安心させてくれるように。これからも俺にとっての一番は肇だって、言葉にして伝えたい。

唯の肇への想いは、その顔つきにも表れた。まるでとても大切な人を思い浮かべるような柔らかな微笑みを浮かべる唯に、肇は戸惑ったように目を見開いた。

唯の一番近くにいるのは自分だと、信じて疑ったことはない。今だって胸のうちにもやもやを抱えていようとも、唯なら「肇だけ」と言ってくれるんじゃないかと期待していた。なにそれ、と笑い飛ばしてくれるんじゃないかって。

だけど唯は、俺じゃない誰かを想いながらこんな顔ができるんだ。

まるで自分の居場所を奪われるかのような喪失感に襲われた肇は、足元がガラガラと音を立てて崩れるような感覚に陥っていた。

「ああ、うん。足立、今度うちに遊びに来ることになってさ」

期待したような否定の言葉は得られず、それどころか肇が考えるよりも二人は仲を深めていたらしい。その事実が肇の心をひどく傷つけた。

唯の声が好きだった。伝えたことはなかったが、ずっと聞いていたいと思えるほどに、大好きだった。

その声を、笑顔を、忌々《いまいま》しく思ったのはこれが初めてのことだ。

「だから肇も……」

「そんな仲良くなったんなら、俺じゃなく足立と帰れば？」

これ以上聞いていられず、気づけば肇は唯を遮るように拒絶の言葉を吐き出していた。鋭い響きは空気をびりりと震わせ、唯の肩がびくりと跳ねる。

言ってしまってから、肇はすぐに我に返った。

唯の前で大きな声を出すのなんていつぶりだろう。唯が驚いてる、きっと嫌な気持ちにさせた。さっきこわいのは嫌だと言っていたのに、もっとこわがらせた。傷つけてしまったかもしれない。考えたそばから血の気が引いていくのを感じる。続けて吐き気まで込み上げてきた。しかし無意識に一歩後ずさってしまったのは、不快感のせいだけではなかった。

ぽかんと口を開けた唯がこちらを見ている。泣き虫の唯は、きっとこれから涙をこぼすんだろう。

俺のせいで。

肇は唯の泣いている顔も好きだった。だけど今は大好きな泣き顔を見ていられる自信がない。唯を傷つけてしまった証しを突きつけられるようで、耐えられないと思ったからだ。

気づけば肇はその場から逃げるように駆け出していた。怒りと、悲しみと、戸惑いで満ちた肇の視界はぐらぐらと揺れているようで、前なんて映っているはずもない。

そんな肇を現実に引き戻したのは、耳に突き刺さるほど鋭い唯の叫びだった。

「肇！」

反射的に振り返った肇は、追いかけてくる唯ごしに走る車をその目に映す。車道に飛び出した肇の背後から車が迫っていたことに気づいたのは、その時だった。

・／●／・

「車にぶつかったってマジ？」

「ううん、俺がびっくりしてコケただけ。車は全然スピード出てなかったし」

「でも痛そー……それ折れてんの？」

「骨は折れてないって。ただの捻挫《ねんざ》」

クラスメイトが物珍しげな様子で、一人の席を取り囲んでいる。中心にいる唯の右腕はギプスに包まれ、三角巾で吊《つ》っているため、ひどく痛々しげに映る。

そんな姿を目にして、なにがあったのか興味が湧くのは理解できる。だけど相手は怪我《けが》人だ。少しは遠慮すべきという考えは、興奮した人間の頭には浮かばないのだろうか。案の定、律義に一人一人に言葉を返す唯の顔には疲労が滲《にじ》んでいる。

なんとかしてやりたいと思う。しかし勇気は出ないまま、肇は机に顔を伏せた。

・＼●／・

幸いなことに車はほとんどスピードを出しておらず、肇と唯に接触することはなかった。飛び出した唯さえいなければ、発生すらしなかった事故だろう。

しかし、事故は起きてしまった。

肇に危険が迫っていると焦った唯は、勢いをつけて肇に覆いかぶさった。その時にバランスを崩して転び、地面に手をついた拍子に手首を痛めてしまったのだ。

血相変えて車から降りてきた男性は、すぐに救急車を呼ぶべくスマホを取り出したが、それに待ったをかけたのは唯だった。青ざめた顔で痛みに耐えながら、唯はひたすら「大丈夫」と繰り返している。

その言葉を鵜呑《うの》みにできるような状況でないことは明らかだ。しかし唯は頑《かたく》なに首を縦に振ろうとしない。

困った男性は二人を車に乗せ、唯の家を訪ねた。そして唯の母に事情を説明すると、深く頭を下げながらあとのことを頼んで帰っていった。

唯の顔色はいまだ悪いまま。母親の顔を見て気が緩んだのか、目には涙を溜めているのがわかる。

男性の話を聞き終えた唯の母は、すぐに唯を連れて病院へと向かった。家に一人残していく肇のことが気がかりではあったが、一緒に連れて行くわけにはいかない。なるべく早く戻ろうと決めて、車を走らせるしかなかった。

そして病院での検査を終えた唯は、「全治二週間の捻挫《ねんざ》」と診断されたのだった。

唯の帰りを待つ間、肇は激しい自責の念に駆られていた。唯に怪我を負わせてしまった自分を許せず、握る拳にこもる力は爪が食い込もうと緩むことはない。

唯の母に呼ばれて駆けつけた肇の兄の彰人《あきと》は、そんな肇の様子にかける言葉を見つけられず、ただ背中に手を添えることしかできなかった。

沈黙が二人を包んでしばらく経った頃、唯は帰ってきた。

彰人とともに玄関で出迎えた肇は、一目で大怪我だとわかる唯の姿を見て、目の前が真っ暗になってしまう。

「ただいま、肇。びっくりした？　でも見た目ほどひどくないんだよ。全然元気だし……肇？顔、真っ青だよ。肇もどっか痛い……？」

唯がなにか話しかけてきているのがわかる。だけど肇の耳に届くことはない。

肇の中に響くのは、幼い頃に耳にした、ただ一つの声だけ。

――肇のせいで。

いつか誰かに告げているのを聞いた、父親の声。耳を塞ぎたくなるような、心を切りつける響きが頭の中で何度も繰り返し再生されている。

俺のせいだ。俺のせいで、唯が怪我をした。こんなにひどい怪我を。俺が悪い。全部、俺が。

自己嫌悪に陥った肇を現実に引き戻したのは、腕に走る痛みだった。

誰かが腕をつかんでいる。その力は子ども相手だというのに加減することなく、肇の顔が歪もうとも弱まることはない。

引かれるままにふらりと数歩足を動かすと、続けて頭を強く押さえつけられた。

「このたびは、大変申し訳ありません！」

さっきまで頭の中で響いていた声が肇の耳に刺さり、そこでようやく理解した。父が来たのだと。

息子の頭を無理やり下げさせながら、唯の母へ謝罪を口にした肇の父の声には、あの時と同じく肇を恨むような響きを孕《はら》んでいる。後頭部にかかる力はどんどん増し、頭どころか首や背中までがひどく痛む。

痛い、こわい、悲しい。肇は幼いあの日に感じた、心が暗いもので埋め尽くされる恐怖に沈んでいく。

この人はきっと、俺のせいだと言うんだろう。あの電話の時のように。

俺はまた、大事な人を傷つけてしまったんだ。俺のせいで。

「うちの息子のせいで……！」

肇の目に映る景色は歪み、ぐわんぐわんとひどく不快な耳鳴りだけが頭に響いている。

なにも見たくない。なにも聞きたくない。

ここから消えてしまいたい。

「肇のせいじゃない！　肇はなんにも悪くない!!」

色を失った世界を眺めていた肇の耳に、声が届いた。お世辞にも心地がいいとは言えない、悲鳴にも似た誰かの叫びだ。

声に驚いたのか、押さえつける手の力が緩んでいる。軽くなった頭を上げると、そこには泣きじゃくりながらも「肇は悪くない」と繰り返し訴える唯の姿があった。

その顔は涙と鼻水でぐしゃぐしゃで、しゃくりあげているため頬や口元が引きつっている。

そんな不格好な唯の姿に、肇はひどく心を揺さぶられるのを感じていた。さっきまで冷たく軋《きし》むだけだった心臓が、どくどくと脈打っているのがわかる。

肇の白い頬に、温かななにかが通り過ぎる。それが涙だと気づいたのは、流れたものが顎まで伝って地面を濡らす頃だ。

「あ……っ、う……うぅ……」

泣くのなんて、いつぶりだろう。思い出せないくらい前なのだ、止め方なんて覚えているはずもない。

困惑している間にも後から後から涙はあふれ出し、気づけば嗚咽《おえつ》を漏らしながら泣いているのだから、肇は自分自身に驚いていた。その激しさと言ったら、びっくりした唯が泣き止むほどだ。

肇はこの年頃の子どもにしてはめずらしく、感情をあまり表に出さない。そんな肇が子どもらしく泣きじゃくる姿にばつが悪くなったのだろう。肇の父は顔を歪めてうつむいてしまう。

息子が泣いている。なんとかしなければ、と肇の父は思った。だけどこんな肇を見るのは初めてで、どうしたらいいかわからず立ちすくむことしかできない。

呆然《ぼうぜん》とする肇の父より先に動いたのは、唯の母だった。

唯の母は優しく肇を抱き寄せると、努めて優しい声で話しかける。

「大丈夫、大丈夫だからね」

なにかが背中に触れるのを感じた肇は、またも父に痛いことをされるのではと、とっさに身構えた。しかしやってきたのは苦痛ではなく、体を包む温もりだけ。

肇はすぐに、抱きしめられたのだと理解した。

なじみのない温かさに驚いたせいか、さっきまではどうやっても止められなかった涙が引っ込んでいる。だけど柔らかな声音を耳にすると、またも涙がせり上がってくるのがわかった。

肇は眉間に力を入れてこらえてみた。今度は我慢できると思ったからだ。

けれど母親に抱きしめられる肇を姿を見て、またも泣き出した唯が、ぎゅっと肇の手を握ってからはダメだった。

痛いくらいの力だけど、さっきと違って嫌な感じはしない。「絶対に離さない」「肇を守る」という唯の想いがひしひしと伝わってきたからだろう。

そして肇は再び涙をあふれさせた。

それから二人は泣き疲れて眠るまで大粒の涙を流し続けたそうだ。

翌朝、肇は自分の部屋で目を覚ました。

聞くところによると、あれから彰人に背負われて帰ってきたらしい。言われてみれば、まどろみの中で彰人と唯の母がなにか話しているのを聞いた気がする。

拒絶の色を帯びない二人の柔らかな声に安堵を覚え、一層重くなったまぶたを押し上げることなく、肇はそのまま深い眠りに落ちていった。

朝起きて、肇が一番に考えたのは唯のことだった。昨日は結局、唯に謝れないまま別れてしまった。自分のせいで怪我をさせてしまったのに。

——肇のせいじゃない！

肇の思考に被さるように、唯の言葉がリフレインする。まるで頭の中で考えることさえ許さないと、唯に叱られている気分になってくるのだから不思議だ。

だけど悪い気はしない。その言葉のすべてに、肇を想う気持ちが感じられるからだ。

唯に怪我を負わせてしまったのは自分だと、肇が自分を責める気持ちはいまだ消えていない。だけど唯の優しさに触れた今では、自分のしたことを受け止め、前向きにこれからのことを考えられている。

今後、俺のせいで唯を危ない目に遭わせることのないように、気をつける。むしろ唯を守れるくらいになりたい。

肇は決意を新たに、一人拳を握った。

唯は肇のせいではないと言ってくれている。だけど肇がきっかけで唯に危険が及んだのは事実だ。そこを謝らないままではいられない。

今朝は学校へ行く前に病院へ寄ると言うから、一緒に登校はできなかった。唯と今日、最初に顔を合わせるのは学校になるだろう。ならば唯が教室へ入ってきたら、一番に謝ろう。

そう思っていたのだが。

唯が来たのは朝の会が始まる少し前のことだ。

教室へ入ってくるなり、その姿を見て驚いたクラスメイトは唯を取り囲んだ。そのスピードと言ったら、腰を浮かせた肇が立ち上がる暇さえなかったほど。

そして肇が尻込みしている間に授業は始まり、すっかり謝る機会を失って今に至る。

うまくいかない。頬づえをつきながら黒板を眺めていると、肇はじわじわ痛む目の存在に気がついた。

きっと昨日たくさん泣いたせいだろう。今朝はまぶたが少し腫れていたが、冷やすことでだいぶ見られるようになった。だけど目に見えない疲労が蓄積しているのか、文字を追うのが億劫《おっくう》に思える。

黒板から逃げるように視線を移すと、自然と唯の席のあたりで止まった。昨日自分と同じくらい泣いていたはずの唯は、真面目に授業を受けているようだ。泣き虫はまぶたに耐性でもあったりするんだろうか。

そんなくだらないことを考えていると、ふと唯の違和感に気づいた。左手を震わせながらノートになにかを書き込んでは、書いたものを消しゴムで消し、また書き込んで、を繰り返している。

唯の利き手である右の手首はギプスでガチガチに固められている。わずかに動くのは、テーピングから覗《のぞ》く指先のみ。あれでは鉛筆を持つことさえ難しいだろう。だから仕方なく慣れない左手でノートを取ろうとしているのだろうが、うまくいっていないようだ。

肇は自分のノートを見下ろしてみる。授業が始まってからずっと閉じられたまま、教科書の下で窮屈そうに出番を待っている。

俺がかわりにノート取ったら、唯は助かるかな。

肇の頭に、唯の力になりたいという気持ちがむくむく湧いてくる。唯が困っている時、手を差し伸べるのもきっと「守る」につながるはず。そして純粋に、肇は唯の喜ぶ顔が見たいと思った。

ノートを引っ張り出してまっさらなページを開く。黒板をじっと見つめ、すぐに内容を写し始めた。

三行書いて、自分の書いたものを振り返ってみる。まるでミミズが這ったような字に、肇は顔を顰《しか》めた。

我ながらひどい。果たして唯が慣れない左手で書いたものと、どちらがマシに映るだろうか。しかし考えているうちに、教師は黒板消しに手をかけている。まずい、もたもたしていると消されてしまう。急いで写さなければ。

この際、字の汚さは置いておいて、まずは内容を書き留めることに集中しよう。

そして肇はノートに筆を走らせたのだった。

帰りの会が終わり、ランドセルの代わりに持ってきたトートバッグに荷物を詰め終えた唯は、小さくため息をついた。

ようやく一日が終わった。

怪我をした人間がよほどめずらしかったのだろう。今日は一日、ずっと誰かに話しかけられていた気がする。気心が知れた相手ならまだしも、ほとんどが普段話さないようなタイプのクラスメイトばかりだったから、それなりに疲労が溜まっている。

今日は肇と一度も話してないな。

肇の様子は何度か盗み見ていた。めずらしく授業を真面目に受けているし、休み時間もずっと机で真剣になにかと向き合っているし、なんだか様子がおかしかった気がする。

昨日唯が怪我をしてから、肇とはまともに会話できていない。何度か唯から話しかけはしたが、その声が肇に届いているようには見えなかった。

肇が心配だ。肇と話がしたい。できれば一緒に帰りたい。

勇気を出して、肇の席を振り返ってみた。すると肇もこちらを見ていたようで、ばっちり目が合ってしまった。

肇も同じ気持ちだったのかな、と期待したのは一瞬だけ。すぐに気まずそうに目をそらされ、唯は肩を落とした。

あの明らかな拒絶には既視感がある。そう、あれは昨日の下校中のことだ。

ああ、そうだ。昨日肇に「足立と帰れ」と言われたんだった。その誤解も解かなければいけなかったのに、事故のせいですっかり頭から抜け落ちていた。

だけど肇から拒まれたという事実が唯の中に重く沈み込んで、うまく体を動かせそうにない。唯は黙ってうつむくことしかできない自分を呪った。

唯は自身の負った怪我の責任は自分にあると考えている。唯が早とちりをしてドジを踏んで怪我をした、それだけ。

恥ずかしいところを見られた羞恥心と、大事にしたくない一心で救急車を呼ぶのを断ったのだが、それが肇の目にはどう映っていたのかわからない。

昨日、病院から戻った唯を映す肇の目には、明確な怯えが浮かんでいた。肇はきっと、自分のせいで怪我をさせたと思っているんだろう。そんな肇にとって唯のこの姿は、傷つけるものでしかないのかもしれない。

その証拠に、今の肇は唯を視界に入れるのさえ嫌がっているようだ。きっと今は距離を置くべき時なのだろう。理解はできても、傷つく心を止められなかった。

なんでこんなことになっちゃったんだろう。

落ち込む唯の視界の端に、なにかが映り込むのがわかった。それは誰かの上履きのつま先で、唯にはひどく見覚えがある。

　恐る恐る視線を上げれば、予想通り肇が目の前に立っていた。

　肇は緊張した面持ちでこちらを見ている。それはいつになく真剣な眼差しで、今度はそらされることはない。

「は、はじめ……？」

「ん」

　短い返事とともに差し出されたのは、数冊のノートだった。

　なんでノート、と不思議に思ってよく見れば、今日受けた授業の科目が揃っているのがわかる。

「左手だと、ノート取りづらいんじゃないかと、思って」

「あ、ああ！　なるほど、だからノート」

　肇が真面目にノートを取る性格でないことを唯は知っている。そんな肇が自分のために、一日集中して授業を受け、ノートを取ってくれたという。その事実に胸がぽかぽかと温かくなるような心地良さを覚えた。

「でも肇の字じゃ、俺の書いたノートとあんまりかわんないんじゃゃ……」

　ノートを受け取りながら、唯は照れ隠しでふざけた声を出してみた。そして一番上にあった一冊を開いて、言葉を失った。

　なぜなら今日の授業で習ったページが、とても丁寧な字で綴られていたからだ。

　これ、肇のノートじゃないの？

　思わず疑い前のページをめくってみると、おそらく今日の授業内容を書き記したと思われる汚い字が羅列している。相変わらず、なんて書いてあるのかよくわからない。ただ一つ間違いないのは、これが肇の字で、これが肇のノートだということだ。

つまり肇は、一度いつもの調子で黒板の内容をノートに写したあと、別のページにきれいに清書してくれたのだろう。だから休み時間も真剣にずっとなにかを書いていたのか。

肇は面倒くさがりで、しんどいことが嫌いで、自分から率先して役割を負うことなんてしない。こんな面倒なことを進んでやるようなやつじゃないんだ。

だけど、わかりにくいけど優しいやつなんだと、誰より知っているのが唯だった。そしてその優しさが、いつも唯にだけ特別向けられていることも、知っているのだ。

唯の中に温かいものが込み上げてくるのを感じる。いや、温かいなんてもんじゃない。いっそ沸騰しそうなほど、熱くてたまらないなにかだ。

せり上がってくる涙をこらえて、唯はいつもみたいに笑ってみせた。

「肇、やればできんじゃん」

「うるせー」

「ありがとう！」

唯の目に涙が浮かんでいることに、肇は今日も気がついた。そしてそれがいつもとは違い、嬉し泣きだということもすぐにわかる。

どうやら肇の苦労は実を結んだらしい。唯の役に立てたことを、素直に嬉しいと思える。

思惑が成功した肇はほっと胸をなでおろした。それから気を引き締めるように息を吸い、用意していた言葉を紡ぎ始める。

「昨日、ごめん。俺、周り見えてなくて……」

「肇悪くないじゃん。俺のほうが全然見えてなくて、びっくりさせたよね。俺こそごめん……でも」

言葉を切った唯を不思議に思い、うつむいていた顔を上げてみる。するとそこには目を細めて肇を眺める唯の姿があった。その瞳はまるで、なにか大切なものを映すかのように、温かな色を浮かべている。

その目に見つめられていると、なぜか鼓動がどんどん速度を増していくのがわかる。いっそ苦しいくらいの激しさなのに、唯の瞳から目が離せない。

「肇が無事でよかった」

肇を想う気持ちであふれた唯の声と言葉は、肇の心の傷を癒やすかのように染み込んでいく。いつだって肇に居場所をくれる唯は、これまでずっと肇の心を守ってくれた。そしてそれはこれからも続くのだろう。

与えられるばかりの自分が唯に返せるものはなんだろう。答えは考えるまでもなく、肇の中にあった。

唯のことを、今度は俺が守りたい。言葉や態度でうまく伝えられるかはわからない。でも俺なりのやり方で、唯の笑顔を守っていきたい。

唯が俺の隣で笑っていられるように、俺にできることを精いっぱいやってみよう。

昨日の決意よりも強く、肇はそう自分に課した。

押し黙る肇を見て、唯は心の中で息をついた。さっきまでこわばっていた肇の表情が、いくら

か和らいだように思える。

自分のせいで怪我を負わせたと責任を感じている肇にとって、謝るのはきっと勇気が必要だったはず。話しかけるのだって気まずかったに違いない。

だけどこうして肇からきっかけを作って声をかけてくれた。肇が歩み寄ってくれたことが、唯はなにより嬉しかった。

唯の心も軽くなった頃、一つのことを思い出した。

そうだ、すっきりさせなければいけないことはまだあった。それには欠かせないイベントが控えている。

にこりと笑みを浮かべた唯は、肇の顔を覗き込みながら問いかけた。

「今度の日曜、うち来ない？」

そしてやってきた日曜日。

「お邪魔します」

その日、肇は指定された時間に唯の家を訪れた。いつものように、インターホンを鳴らすことなく鍵のかかっていない扉を開けて、中に声をかける。奥から唯の返事が聞こえてくる前に、肇は扉の内側に体を滑り込ませた。

唯が肇を出迎えることはない。勝手知ったる幼なじみの家だ。肇は一人家に上がり、リビングでくつろいでいるであろう唯と合流し、唯の部屋へ行く。それがいつもの流れだった。

唯との約束はいつも適当で、「昼ごはん食べたら来て」や「起きたら連絡する」など、時間を指定することはほとんどない。明確に「この時間に来て」と言われたのは、もしかしたら今日が初めてかもしれない。

なにかあるのだろうか。不思議に思いつつ肇が玄関で靴を脱いでいると、インターホンの音が家に響き渡った。

「鍵開いてるから、そのまま入って」

リビングで来客対応する唯の声を聞きながら、肇は首を傾《かし》げた。

唯は自分以外にも誰かを呼んでいたのか。兄の彰人を除けば、これも初めてのことだ。ちなみに彰人も肇と同じくインターホンを鳴らすようなことはしないため、別の人間なのだろうと予想する。

じゃあ誰が。

訝《いぶか》しげに扉を眺めていると、それは数秒と置かずに開かれる。遠慮がちにゆっくりと引かれた扉の向こうから現れたのは、一人の女子だった。

事故のごたごたがあって、肇の頭からすっかり抜け落ちていた存在。そこには足立の姿があった。

まったく予想していなかった人物の登場に、肇はぱちぱちと瞬きを繰り返す。対して足立はと言えば、居心地悪そうに肇から目をそらしている。

そんな二人の間にある重たい沈黙を破ったのは、軽やかな唯の声だった。

「いらっしゃい」

いつの間にか背後に来ていたらしい唯は、足立に柔和な笑みを向けている。そして肇が固まっているうちに唯は足立を奥へ促し、玄関には唯と肇の二人が残った。

肇と足立に接点はない。むしろ足立からは苦手意識のようなものを向けられていた気さえする。それを唯に伝えたことはないが、おそらく唯も同じように認識していると思っていた。

そんな足立と自分を家に呼ぶとは、一体どういうつもりなんだ。

しかも驚いている肇とは対照的に、足立が肇を見てびっくりする様子はなかった。きっと足立には、肇が今日家に来ることを伝えていたのだろう。

じゃあどうして自分には黙っていたのか。肇が疑問に思ったのは一瞬で、答えはすぐに出た。きっと先日の下校時のように、ふてくされた肇がまともに取り合わないことを見越していたのだろう。足立の名前に敏感になっている自覚はある。唯の懸念はきっと当たっていた。

戸惑う気持ちのまま、唯に背中を押されてリビングに踏み入れた肇は、唯の妹の舞と楽しげに話す足立を見つけた。聞き慣れない単語が続いて内容は理解できないが、随分と会話が弾んでいるのがわかる。

舞と足立は面識があるようだ。ということは、今日より以前に足立はこの家を訪れたことがあるのか。

できるだけ考えないようにしていたのに、足立を見ていると再びもやもやと黒いものが胸のうちに湧き上がってくる。

肇の顔色が曇ってきたことに気づいたのだろう。唯は困ったように笑ってから、肇の隣に並び立った。

「この間の調理実習でさ、初めて足立と同じ班になって。仲良くなれるんじゃないかなって思ったんだよね」

肇は理解した。唯は今日、新たに親しくなった友人を肇に紹介するため、この場を用意したんだろう。

なんでそんなことを、とも思うが、友だち同士に仲良くなってほしいと考える人間が、一定数存在することを肇は知っていた。まさか唯もそっち側だとは思いもしなかったが。

唯は俺と足立の仲を取り持つ気で、今日――。

「妹と」

「…………………は?」

「舞と。仲良くなれそうな気がしたんだよね」

「唯じゃなくて……?」

不安げに揺れる肇の瞳を眺めながら、こんなにも動揺が顔に出る肇はめずらしいなと唯は考える。それだけこの状況が理解できないものだったんだろう。反対の立場だったらきっと、唯も今の肇と同じように困惑した表情を浮かべるに違いない。

年相応に映る肇の姿に笑みを漏らしながら、唯は調理実習の日を思い出していた。

・＼●／・

調理実習というのは、クラスを浮足立たせる魔力を秘めている。

退屈な授業のように眠気に耐える必要はないし、実習を進めながらであれば私語も許される。班の運にも左右されるが、たいていそれなりにおいしいものを食べられるのも大きい。

この授業を楽しみにしている生徒は多いだろう。唯もその一人だった。

今日の調理実習ではホットケーキを焼くらしい。母を手伝って家で作ったことがあるから失敗することはないはず。

わくわくを噛み締めながら身支度を終えた唯は、無意識にも別の班の肇に視線を移していた。

肇は面倒そうに三角巾を頭につけながらあくびを漏らしている。唯の視線に気づく様子はない。

肇が着ているのは、シンプルな黒のエプロンだった。肇のスタイルのよさを際立たせていて、よく似合う。

続けて自分の姿を見下ろした唯は、小さくため息をついた。こんなことなら自分も新しいものを買ってもらうんだった。

このエプロンは母が用意してくれたものだ。すでに二年は着ていると記憶している。身長も伸びたしそろそろ新調したらどうかという母の提案を、まだ着られると断ったのは唯だった。だってエプロンなんて、どれも同じだと思っていたのだ。しかし肇のシックなエプロンを見ていると、途端に今着ているチェック柄がとても幼く感じてきた。

俺もかっこいいのがいいな。次はもっと大人っぽいのを選ぼう。

一度意識すると、クラスメイトがどんなエプロンを着ているのかまで気になってきた唯は、家庭科室を見回してみることにした。

男子は唯と同じく幼いデザインのものが多い。反対に女子は真新しい、年相応やちょっと背伸びしたようなデザインが目立った。それぞれの好みを反映しているのがわかり、色とりどりのエプロンで教室が華やいでいる。

エプロンって個性が出るんだ。

そんな感想を抱きながら一人一人を観察していた唯の目が、一つのエプロンに留まる。そして無意識にも心の声が漏れていた。

「あ、ピュアマリン」

ぽつりとつぶやいた声は、本来であれば誰の耳に届くことなく、騒がしい教室に埋もれていくはずだった。しかしその音を正しく拾ってしまった人物が一人。

それは唯が眺めていたエプロンを身に纏った、足立であった。

足立は唯のセリフを聞くやいなや、慌てたようにそばへ来て、唯の腕をぐんと引いたかと思えば、耳元で焦った声を吐き出したのだから驚いた。

「なっ、なんであんたが知ってんの……⁉」

女子から突然迫られるというかつてない展開に、彼女と同じく動揺していた唯は声を上擦らせた。

「い、妹が好きで」

「ああ……そうなんだ」

唯の返事を聞いて冷静になったところで、自分の行動を思い返したのだろう。足立は恥ずかしそうに頬を染めながら唯から距離を取っている。

足立の着ているエプロンは、落ち着いた紺地に甘すぎないフリルが縫い付けられたものだ。パッと見ただけでは、ただの可愛いエプロンにしか見えない。足立にもよく似合っている。

しかし唯は見逃さなかった。エプロンのポケットに施されたイルカのような刺繍《ししゅう》が、ピュアマリンを支えるマスコット的存在、イリューだということに。

間違いない、これはミラピュアに出てくるピュアマリンの衣装をモチーフにデザインされたエプロンだ。

唯はたまたまミラピュアを知っていたから気づけたが、知らない人間からすると言われなければわからないくらい、刺繍は愛らしいワンポイントとしてデザインに溶け込んでいる。

ミラピュアってこんなおしゃれなグッズ出してるんだ。

足立に声をかけられなければ、唯の感想はそこでおしまい。記憶に残ることもなかったはずだ。

しかし足立が過剰に反応してしまったため、唯の中でミラピュアと足立がつながる結果となった。

「ミラピュア、好きなんだ」

「しーっ！　周りに聞かれるって……！」

「え、あ、ごめん……でも別におかしいことじゃなくない？」

「高学年にもなってミラピュア好きとか、恥ずかしいじゃん……私のキャラでもないし」

ミラピュアとは、毎週日曜朝に放送される女児向けのテレビアニメだ。「ピュアな少年少女がミラクルで世界を平和にする」をコンセプトにシリーズ化していて、今期のメインキャラクターであるピュアアースとピュアマリンは歴代最高の人気を博しているそうだ。

確かに唯の中で、大人っぽいイメージの足立とミラピュアはすぐに結びつかなかった。だけどおかしいというほどではない。

唯は妹に付き合って何度か録画を観たことがあるが、幼児向けと侮れないほど考えさせられる内容に、気づけば最後まで夢中で視聴してしまったほどだ。高学年だろうが大人だろうが、魅了されてもおかしくない。

しかし足立の中でミラピュア好きは隠したい一面なのだろう。ここで親しくもない自分が「恥ずかしくないよ」などと励ましたところで足立の心に響くとは思えず、唯は口をつぐむしかなかった。

そんな足立がこのエプロンを今日持ってきたのは、好きなものを身につけたい欲望と、バレるかもしれないリスクを天秤《てんびん》にかけた結果、このデザインならばと前者に傾いたからだと唯は予想する。

万が一バレたとしても、普通なら見落としてしまうほど小さなワンポイントに気づけるくらいなのだ。そんな相手はミラピュア好きに違いない。仲間を見つけられるかも、なんて淡い期待にかけたというのもありそうだ。

しかしまさか男子に指摘されるとは思っていなかったのだろう。足立は気まずそうに体を縮こまらせている。

思惑が外れて明らかに元気をなくしている足立を見ていると、だんだんいたたまれない気持ちになってきた。なんとかこの場の空気を和ませてやれないだろうかと頭を悩ませた唯は、思い切って自分のことを話してみることにした。

「うちの妹はアースが好きでさ。誕生日に買ってもらった衣装着て変身アイテムつけて、毎日のようにミラピュアごっこしてるんだよね。相手させられるの結構大変で」

「へえ……」

足立とはほとんど話したことはない。そんな相手に対して、唯なりに頑張って話を振ったつもりだ。だけど足立には乗ってもらえることなく、興味なさそうな言葉だけが返され、唯の勇気はここでぽっきり折れた。

慣れないことはもうやめよう。詳しいわけでもないのに無理にミラピュアを話題にして、「誰かに聞かれたらどうする」と怒られてもこわいし。きっと足立も俺なんかと趣味を共有するのは嫌なはず。

そう思っていたのだが。

「……いいなあ」

唯の耳に届いたのは、表に出すつもりのなかった心の声が漏れ出てしまったかのような、とても小さなささやき声だった。

言った本人も驚いたのだろう。まるで唯の予想を裏付けるかのように、足立の顔はみるみる真っ赤に染まっていく。

その顔を見ていたら、足立につられて唯まで考えたことが声に出ていた。

「今度、うち来る……？」

「それで、今日うちに来ることになったんだよね」

唯の話を一通り聞き終えた肇は、驚きを逃がすようにぱちぱちと何度か瞬きを繰り返した。

てっきり唯と足立が仲良くなったきっかけを聞かされるのかと思い身構えていたが、まさかの唯の妹の舞と足立の縁を結んだ話だったらしい。予想外にもほどがある。

そして足立に対する舞の反応から、足立はすでに何度か遊びに来ているんだと肇は踏んでいたのだが、それも勘違いだったようだ。

聞くところによると、足立がこの家を訪れたのは今日が初めてのことで、遊んでくれるお姉さんの存在に興奮した舞が距離感ゼロで話しかけ、初対面だというのにミラピュアトークで大いに盛り上がっていただけらしい。

足立はと言えば、まるで本物の姉妹のように舞と会話を弾ませている。確かに耳をすませば会話の中に「ピュアアース」「ピュアマリン」と言った単語が聞き取れた。どうやら今朝放送した内容を二人で熱く語っているようだ。

足立、ミラピュア好きなのか。

肇の感想はそれだけ。それ以上の興味はない。むしろ足立への関心はそこで失ったとも言える。

唯と足立の間に流れる空気はいまだぎこちないままだし、互いにこれ以上距離を縮めるつもりもないのだろう。自分の居場所を脅かす存在でないのなら、すでに足立のことなどどうでもいいとさえ肇は思い始めていた。

唯の話に嘘《うそ》はない。真実、唯は足立と特別仲を深めるつもりなどなく、妹の遊び相手になってくれそうだと考えて連れてきただけのようだ。

だけどなぜそんな話を自分にするのか。なぜこの場に居合わせなければならなかったのか。肇はそこが理解できなかった。

すると不思議そうな肇の視線に気づいたのだろう。足立は居心地悪そうにこちらを向くと、唯の話を引き継いだ。

「……家に呼んでくれる条件に、山科からは二つお願いされて」

「条件なんて言ってなくない？　よければばって言ったじゃん」

「山科、結構譲らない感じだったけど……」

唯に視線を移すと、ばつが悪いといったように肇から目をそらす。それに構わず足立は続けた。

「私が山科の家に行く日は必ず三好も呼ぶってことと、なんで家に来ることになったかの話を三好にしたいって」

「俺……？」

「私、最初は反対したんだけど……だって三好、周りに言いふらすんじゃないかと思って。でも山科が、三好は絶対そんなことしないって。すごい説得されて」

——肇は絶対言わない！　そんなやつじゃない！

その場にいなかったはずの肇の耳に、肇を擁護する唯の声が響いた。

「山科を信用して今日来たの。だから三好も、誰にも言わないで」

「……わかった」

肇が頷くのを認めて安心したのだろう。足立はほっとしたような顔を見せたあと、おもちゃを広げる妹のところへ戻っていった。

そして肇は一向にこちらを見ようとしない唯へ再び向き直る。

「なんで俺を条件にしたんだよ」

「……だって、俺だったら嫌だと思って」

「え？」

「肇が俺以外の誰かと、家に呼ぶくらい急に仲良くなってたら、俺は不安になると思う。だから肇にはちゃんと伝えとこうと思って」

唯の目がようやくまっすぐ肇を捉えた。その頬は緊張からか赤みが差している。肇は場違いにも可愛いと思った。

「……肇は俺の一番の友だちだから」

唯には肇が抱えるもやもやなど、すべてお見通しだったというわけか。

そして肇はようやく理解する。唯が今日この場を用意したのは、肇の心のもやを晴らすためだったのだと。

胸に熱いものが込み上げてくる。息をするのも苦しいくらいの幸せが肇の体を包み、気を抜けば涙がこぼれそうだと思った。

だけどこれ以上格好悪い姿は見せたくない。そう思ったら、気づけば憎まれ口が飛び出していた。

「言ってて恥ずかしくね？」

「うざ！　今のなし、肇なんかただの腐れ縁だから」

「……俺も、唯が一番」

言葉にしてみると、気恥ずかしさが胸のうちに湧き上がってくる。だけど同時に大きく膨れ上がるのは、唯が大切だと感じる気持ちだった。

「肇、顔真っ赤」

「うっせ」

唯が楽しそうに目を細める。つられて肇の頬も緩んだ。

二人で顔を見合わせて笑う。こんな時間がずっと続けばいいのにと思った。

「お兄ちゃんたち！　ミラピュアごっこするからこっち来てー！」

「えーやだよ、どうせまた敵役じゃん。俺腕こんなだし」

「じゃあお兄ちゃんがアースやっていいよ。服貸してあげるから」

「……敵やらせて」

仕方がない、と言った様子で唯は舞たちのところへ足を向けている。

そんな唯の背中を見送っていた肇は、ちくりと棘《とげ》が刺さるような胸の痛みに首を傾《かし》げた。

肇にとって、唯はかけがえのない存在だ。一番の友だちだと思っている。だから唯から同じ言葉を返してもらえて嬉しかった。

――肇は俺の一番の友だちだから。

一番の、友だち。

たぶん引っかかっているのはここだ。だけどおかしなところはない、と思う。

唯から特別をもらって、肇の心は十分に満たされた。そのはずなのに。

それ以上を求めている自分に、肇は初めて気づいた。

友だちじゃないのなら、俺は唯のなにになりたいんだろう。

もっとその先の。友だちじゃない、なにか別の――。

「肇！」

唯が俺を呼んでいる。

心地の良い響きが肇の耳に届くと、さっきまでの悩みがどうでもよく感じてきた。考えていても答えは出そうにない。疼《うず》くような胸の痛みもおさまっているし、きっと気のせいだったんだろう。

そう結論付けた肇は、不思議そうに目を丸くしている唯に頷きを返した。

そして今日も、唯の隣は肇だけのものになる。

この日、幼い恋心は小さな芽をつけた。美しい花を咲かせるいつかを夢見て、今は静かに眠りに落ちる。

#3

はじゆいの告白

Haji×Yui

#3 はじゆいの告白

俺にとって、告白はただの作業でしかない。

好きだと言われて、「無理」と断る。変わることのないこの流れは、思えば小学校へ上がった時にはすでにできあがっていたように思える。

日常を過ごす場所が幼稚園から小学校へ移り、それまでは大勢の前だろうと平気で告げられていた「好き」が、人目を忍んで密《ひそ》かに執り行われるようになった。手紙で綴《つづ》られたり、人気のない場所へ呼び出されたり。

俺は好きだと言われても、なにかを感じたことはない。むしろ関心を抱かれることすら煩わしいと思っていた。

だから手紙に返事をするようなことはなかったし、直接告げられた時でさえ、用事が終わったと判断するとさっさと立ち去っていたくらいだ。

たまに食い下がって、「私のことも好きになってほしい」「どうしたら好きになってくれるのか」なんて言ってくるやつもいたけど、取り繕うことなく心底面倒だという態度を取ると、たいていが怒って俺の前からいなくなってくれたから困らなかった。

小学校高学年になったあたりだろうか。「好き」のあとに「付き合って」と続くようになった。まだ「好き」を告げられる意味すらわかっていなかった幼い俺に、この先なんて想像できるはずもない。とりあえず引き続き、「無理」と突っぱねることで黙らせられるとわかってからは、ずっとその手で逃れてきた。

俺は誰かに好かれたいと思ったことはないし、仲良くなろうと努力したこともない。女子に優しいやつは他にいくらでもいたはずだ。だけどなぜだか俺にばかり告白が集まってくる。

不思議に思って聞いてみたことがある。なんで俺なんだ、と。女子からの返答は「かっこいいから」というのがほとんどだった。

つまり俺の顔を好きになったということらしい。尋ねたことを後悔するくらい、くだらない理由だった。

他の男子からはよく羨《うらや》ましがられたけど、理不尽なことも多かった。

勝手に好きになって告白してきたくせに、断れば「友だちを傷つけた」と周りの女子に責められる。

俺が誰の告白も受けない噂は広まっていたし、俺の性格も知っていたはず。脈がないことは明らかだっただろう。

そのくせ拒まれたら被害者ぶる女子が理解できず、いつしか告白してくるようなやつらを軽蔑するようになっていた。

なんで俺ばっかりこんな目に遭うんだ、と自分を呪ったことも一度や二度じゃない。

俺にとって告白は、ただただ面倒な作業でしかなかった。

「悪い……好きなやつ、いるから」

小学校を卒業し、中学での生活にもなじんできた五月の頭。

平年よりも大きく上回る気温をたたき出したこの日、俺は校舎の裏へ呼び出されていた。

日当たりが悪く、年中じめじめとした場所ではあるが、今日ばかりは心地の良い風が首の後ろを通り過ぎ、汗を冷やしてくれている。

俺を呼び出したのは、田中という女子だった。同じクラスとは言え、挨拶を交わす程度しか接点はなかったはずだ。だけどそんな相手から指名されることもめずらしくなかったため、驚くことはなかった。

用件は予想した通り、告白だった。真っ赤な顔で好きだと告げた田中に、俺はあらかじめ用意していた言葉を返した。

断られることを見越していたんだろう。引きつった笑みを浮かべつつ「だよね」と漏らす田中を見ていたら、ついよけいなセリフまでこぼれ落ちてしまった。

俺に好きなやつがいることがよほど意外だったのか、目を丸くしている田中はいつもより幼く見えた。

「好きな人、いるんだ」

「……まあ」

気まずくなって目をそらすと、俺の顔をまじまじと眺めていた田中は、俺の言葉に嘘《うそ》はないと判断したらしい。「そっか」と自分を納得させるように頷いたかと思えば、今度はきれいに微笑《ほほえ》んでみせた。

「応援してる」

そして俺が返事をする間もなく、田中は足早に去っていった。最後に「聞いてくれてありがとう」と残すことも忘れない。

そんな田中の後ろ姿に自分を重ねた俺は、人知れず胸のあたりを握りしめていた。


田中に呼び止められたのは、部活が終わってすぐのことだった。だから俺はいまだ体操服のまま。これから部室へ戻って着替えを済ませなくてはならない。

すでに茜《あかね》色に染まっている空の下を進み、もう誰も残っていないであろう部室を目指す。

俺が最後だろうから鍵をかけて、職員室に戻しに行って。そんなことを考えながら扉を開く。

するとそこには、すでに制服に身を包み、ベンチに座ってスマホを眺めている有馬《ありま》の姿があった。

「おかえり」

有馬は俺と同じくバスケ部に所属している。家の方面が同じという理由で、部活のあとは一緒に帰ることも多い。だけど約束しているわけじゃないから、タイミングが合わなければ別々に帰ることもめずらしくなかった。

田中に呼び出された場には有馬も居合わせていた。察しのいい有馬に限らず、誰が見たって田中の用件は告白だとわかっただろう。だから俺がすぐに戻らないことも理解できたはず。

部室に俺以外の荷物が残っている様子もない。別の誰かを待っているわけじゃなさそうだ。やっぱり有馬は、俺を待っていたのか。遅くなるかもしれないとわかっていても。

有馬の様子はいつも通りだ。他の男子と違って、興味津々と言った様子で告白やその返事について尋ねてくることはないし、好奇心からその目を輝かせることもない。

むしろ凪《な》いだ瞳に浮かんでいるのは、労《いたわ》りの色ばかりだった。俺と同じか、それ以上に女子の人気を集める有馬のことだ。俺の苦労は手に取るようにわかるのだろう。

「なんか三好、変わったね」

制服に袖を通していると、有馬がなにか言うのが聞こえてきた。有馬にしてはめずらしく、ぼんやりとした声だった。

シャツのボタンを留めながら振り返ると、今度は興味深そうに目を細めている。

「どこが」

「前だったら告白されてもなんでもない顔してたのに、今は……」

値踏みするような有馬の視線を避けるように前へ向き直ると、俺はシャツの裾をズボンに押し込んだ。

いつもは空気の読める有馬の存在に助けられる場面も多いのだが、今日ばかりはその察しのよさが憎らしい。

俺が今、どんな顔をしているのかなんてわからない。ただ、人に見られたいものでないのは確かだ。

「好きな子でもできた？」

有馬の問いに、俺がなにかを返すことはなかった。

・＼●／・

俺は唯のことが好きだ。

友だちとしてじゃない。一番そばにいて、唯の特別になりたい「好き」。誰も知らない唯の心に触れて、俺だけのものにしたい、「好き」。

唯にも俺のことを好きになってほしいと願う、恋愛の意味での「好き」だ。

そんな自分の欲に気づいた、明確なきっかけはなかった。

唯はあまりに俺の日常に溶け込みすぎている。まるで自分の一部のように感じている存在を切り離して、将来を考えたことなんてなかったから。これが特別な感情なんだと自覚するのに、時間がかかってしまった。

幼い顔立ちも、茶色がかった猫っ毛も、黒目がちな大きな瞳も。つつけばすぐ目に涙を浮かべて、俺の言葉でいちいち揺さぶられてしまうところも。

いつだって俺の一番欲しいものをくれるところも。

全部が可愛くて、愛おしくて。

唯のそばにいると幸せな気持ちになるのに、唯のことを考えると胸が苦しくなるようになったのは、いつからだったか。わからないなりに頭を悩ませた俺は、ある日理解した。

俺は、唯が好きなんだって。

好き。当てはめてみると、こんなにもしっくりくる言葉は他にない。

唯が好き。どうしようもなく好き。

唯の全部が知りたくて、唯の全部が欲しくて。唯にも俺だけを求めてほしい。唯を誰の目にも映らないよう隠してしまいたい、なんて。

そんな凶暴な欲望が俺の中にあることを、初めて知った。

こんなものは暴力だ。そのままぶつけてしまえばきっと唯を深く傷つけるだろう。

だから俺は、自分の恋心にふたをすることに決めた。いつかあふれる中身をこぼしてしまうかもしれない、その時まで。


唯が好きだと自覚したことで、気づけたこともある。これまでは面倒な作業だった告白の意味が理解できるようになった。

百パーセント叶《かな》う見込みなんてない。逃げ出したくなるようなプレッシャーの中で、震える手を握り合わせて告げる「好き」には、どれだけの想いが込められていたんだろう、と。

そんな彼女たちの勇気に対して、俺はなんと答えた。いや、応えなかったのか。どんな顔で、声で、彼女たちの誠意に向き合ってきた。

反対の立場だったらと思うと肝が冷えた。勇気を振り絞って伝えた想いを受け取ってもらえないどころか、すげなく突き返されるのだ。冷たい目で俺を見下ろす唯を想像しただけで、心が凍りついていくようだった。

それからだ。告白の途中で被せるように「無理」と吐き捨てたり、わざと突き放すような言葉を選んだりしなくなったのは。

こんなことでこれまでの償いになるなんて思っているわけじゃない。だけど他人の想いを大事にすることで、俺の中の唯への想いも大切にできる気がしたんだ。

俺はただの幼なじみでいい。今は、まだ。

唯はまだ幼いところがあるし、きっと恋愛なんて意識したこともないだろう。そんな唯になにかアクションを起こすのは、戸惑わせる結果しか生まないだろうと考えていた。

心も体も成長して、唯が恋に興味を持つ頃を待とう。それまでは穏やかに流れる今を丁寧に過ごしていきたい。そんなふうに考えていたのだが。

まだまだ先だと思っていた未来が、もうすぐそこまで来ているんだと気づかされるような、事件が起きた。

「肇ってさ、どんな子がタイプなの？」

「……は？」

「恋愛の話とかしたことないなーって」

唯とは長い付き合いだが、恋バナを振られるなんてこれまで一度もなかったことだ。

最近、唯の様子がおかしいとは思っていた。一日のうちに何度もぼーっとしていたり、かと思えば百面相していたり。なにか悩みでもあるんだろうかと気になってはいた。

今まで興味のなかった話題を振ってきたことと、なにかに悩んでいたことがつながらないとは思えない。

唯は恋に悩んでいるんだろうか。

俺のタイプを聞いてくるということは、もしかして唯も俺のことを好きなんじゃないか。そんな期待は浮かんだそばから萎《しぼ》んでいった。

唯が俺を好きになるわけがない。唯が恋をしたのだとすれば、それは俺以外の誰かだろう。

唯の心には俺じゃないやつがいる。そう考えた途端、頭の中が負の感情に支配されていくのがわかった。

俺はこんなにも唯のことを想っているのに、俺以外のやつを好きになるなんて許せない。そんな身勝手な怒りの矛先を唯に向けてしまう。

だけど唯は、俺の「好きなやつがいるのか」という問いに、「いない」と答えた。誰かに恋をしてこんな話題を振ってきたわけではないのか。

動揺した俺の耳では、唯の言葉が真実かどうかを聞き分けることはできない。でも俺の願望だろうか。「いない」と告げた唯の顔に、後ろめたさみたいなものは見つけられなかった。

唯はまだ、恋を意識し始めただけ。だけど唯の中で、恋が選択肢の一つになってしまったのは確かだ。このままではいつか、他の誰かに心を奪われてしまうかもしれない。

それは嫌だなと思った。

「俺は好きなやついるよ」

恋を知る俺を見つけてほしい。お前のことが好きな俺に気づいてほしい。他のやつなんて見ないで、俺だけをその目に映していてほしい。

知らないうちに口から飛び出していった言葉には、そんな想いがこもっていたと思う。

顔色を読まれたくなくて唯のほうは見られなかったから、唯がどんな顔をしていたのかはわからない。だけど唯の声は、俺の返事を聞いて明らかに動揺している。

俺が誰かに恋をしているという事実が、唯の心に爪を立てたんだと思うと、少しだけ気分が良かった。それが唯にとって、ただの幼なじみに抱く感情だったのだとしても、だ。

俺に好きなやつがいると聞いただけでこの反応なのだ。もしその相手がお前だと言ったら、唯はどんな顔をするんだろうという興味が湧いてくる。

受け入れてくれるんじゃないか、なんて前向きには考えられなかった。

俺は唯を大切に思っている。だけどそれを行動で示せたことはないだろう。それどころか、俺はいつもきついことを言って唯を泣かせるばかりだ。

でも唯は優しいから、俺のそばにいてくれる。きっと幼なじみじゃなかったら、こんな関係はとっくに破綻していたに違いない。

唯に好きになってもらえるなんて期待はできない。だけど唯が誰かのものになってしまうのも許せない。

そう考えたら、唯に気持ちを伝えることしか頭に浮かばなかった。

俺は唯に告白すると決心した。

そこまではいい。肝心なのはその方法だ。

例えば日常で唯に「好きだ」と告げたとしよう。唯はきっと「友だちとして」という意味で、俺の好意を捉えるだろう。もしくはからかっていると思われるかも。口下手な俺が、そこから言葉を重ねて唯を説得できるとは思えない。

誰がどう見たって告白だと理解できる状況を作り出す必要がある。そしてどんなやり方で伝えるべきかを考えた時、一番に浮かんできたのは有馬の話だった。

――後夜祭の花火、一緒に見たら両想いになれるって噂あるよね。

この話を聞いた時、初め俺は「くだらない」と吐き捨てた。そんなもので想いが叶《かな》うのなら苦労はしないと思ったからだ。

だけど告白すると決めた今、これ以上ぴったりなシチュエーションは他にないように思えた。後夜祭の花火のジンクスの話は唯も一緒に聞いていたから、誘い出すだけで俺の意図は伝わるはず。そこで告白すれば、さすがの唯でも「友だちとして」なんて無粋な意味では受け取らないだろう。

唯に正しく俺の想いを伝えられるんじゃないかと思った。

後夜祭で告白しようと思い立ったはいいが、そうなると場所探しがポイントとなってくる。花火が見えるのはもちろん、誰にも知られていない穴場であることはマストだ。俺に人前で告白する趣味はないし、人目を気にした唯に勢いで拒まれてもこわい。

文化祭準備期間には時間を見つけて校内を見て回った。だけどそんな都合のいい場所はなかなか見つけられない。そうしているうちにどんどんと時間は過ぎていき、文化祭初日が終わる頃になっても目処《めど》は立っていないままだった。

後夜祭が行われる最終日は明日に迫っている。なんとしても今日中にベストポジションを見つけなければ。

担任から呼び出しを受けた唯を待つ間、これ幸いと俺は空き教室を探して回った。だけど今日も収穫は得られない。

文化祭期間中に使われない実習室なんかは鍵がかかっていて入れないし、鍵の開いている教室はいつも誰かしらが出入りしている。

どうするべきか。一人ため息をつきながら階段を下っていると、階下で見知った顔を見つけた。

「なにしてるの?」

俺を不思議そうに見上げていたのは、田中だった。五月に告白されて以来、面と向かって話すのは初めてだ。

今、俺は三階から二階に下っている途中だ。三階は三年の教室が並ぶばかりで、俺たち一年に用事があるような場所ではない。

文化祭実行委員をやっている田中ならまだしも、なんの関係もない俺がそんな階から下りてきたのを奇妙に感じているのだろう。田中は小首を傾《かし》げている。

告白に適した場所を探していた、なんてバカ正直に言ってしまうわけにもいかないし、別の理由も思いつかない。ここはいつものように「別に」と告げて、立ち去ってしまうに限るだろう。

そう思って口を開いたのだが、田中はそんな俺の考えを見透かすかのように目を細めた。

「あ、わかった。後夜祭の花火見る場所、探してるんでしょ」

見事に図星を指された。

いつもであればすぐさま「んなわけねーだろ」とかなんとか言ってごまかすのだが、まさか言い当てられるとは思わず、言葉に詰まってしまったのがいけなかった。

俺の反応を見て正解だと確信したらしい田中は、「やっぱり」と笑みをこぼしている。

「好きな人いるって言ってたもんね」

「……まあ」

「いい場所知ってるから、教えてあげよっか？」

願ってもない申し出に、考えるよりも先に俺は首を縦に振っていた。

田中が教えてくれたのは、四階の空き教室だった。

四階は校門に飾るアーチ制作のために使われた教室が集まっていて、部外者は立ち入りを禁止されている。文化祭が始まり、無事にアーチが飾られた今となっては、人気のない場所となっているそうだ。四階へ上がる階段にはロープがかけられているが、そこを越えてしまえばそれぞれの教室に鍵はかかっておらず、そんなところも都合がいい。

四階ならば高いだけあって花火を見るには最適だろう。田中が言うように、鍵をかけてしまえば邪魔が入ることもない。

「告白した時も言ったけどさ、応援してるから。頑張ってね」

そう言って笑う田中の顔に嘘はなかった。

田中と別れてから、俺は「好きだったやつの背中を押すのはどんな気分なんだろう」と考えていた。

唯が俺以外のやつを好きになったら、なんて想像するだけで、俺の中身はドロドロしたもので埋め尽くされていく。俺はきっと田中のように応援なんてできないし、嘘でもそんなことは言えない気がした。

絶好のロケーションを教えてもらい、安心していたのもつかの間。

なぜか機嫌を損ねた唯がこんなことを言い出した。

「好きな子いんならその子と帰ればいーじゃん！」

その好きな子にこの想いを信じてもらうために、今日まで奔走していたんだが。そんな苦労を知らない俺の好きな子は、なにが気に食わないのかへそを曲げてしまっている。

さっき別れる前は普通だったのに、なんでこうなった。

唯の突き刺すような物言いに、心にひびが入るのがわかる。胸に走る痛みをこらえて顔を歪《ゆが》めた俺は、ため息とともに言葉を吐き出していた。

「意味わかんね。先帰るわ」

踵を返す瞬間、唯の傷つくような顔が見えたけど、足を止めることはできなかった。

文化祭二日目。

後夜祭まで残り一時間という時点になっても、唯とは話せていないままだった。

明らかに気落ちした様子の唯が気になってはいたが、どこから噂を聞きつけたのか、昨日以上にクラスは大賑《にぎ》わいで、特に俺と有馬は常に女子に囲まれてしまっていたから、無駄話をする暇もなかった。

唯と楽しく過ごした昨日と違って、今日は休憩中も忙《せわ》しなかった。

告白のタイミングを考えた時、文化祭なんかのイベントがぴったりだと考える人間は、俺が思っていたよりも多かったらしい。

一日目はほとんどの時間を唯と一緒に過ごしていたせいか、誰からも声をかけられることはなかった。だけど一人で過ごす時間が多い今日は、すでに五人以上から呼び出しを受けている。

唯への恋心を自覚してからというもの、他人の想いには真摯《しんし》に向き合うと決めていた。だけど自分も告白を控えているというのに、唯と話せていない今の状況では、なかなかに難しいものがある。

一緒に後夜祭の花火を見ないかと誘ってくる女子を断り、急いで教室に戻る。その間にも声をかけたそうにしているやつを何人か見かけたが、構ってはいられない。

後夜祭への参加は強制ではない。帰宅が遅くなってしまうから、クラスの片付けが終わった時点で帰ってしまう生徒も少なくないと聞いている。

もしかしたら唯も帰ってしまうかもしれない。そんな焦りを抱えて俺は廊下を走った。

たどり着いた教室の前で息を整えながら、小窓から中を覗き込んでみる。すぐに帰り支度をしている唯の姿を見つけた。

よかった、まだいた。

ほっと胸を撫《な》で下ろしつつ、扉に手をかけたところで気づく。唯の隣には有馬もいて、二人は話をしていたようだ。そこまではいい。

問題なのは、有馬が唯の頭に手を伸ばそうとしていたことだ。

俺の体はなにか思うより先に動いて、気づけば有馬の腕をつかんでいた。

「有馬悪い。けどそれ俺以外ダメなやつ」

有馬は俺の知る中で、誰より空気の読めるやつだ。今回も期待通り、俺の意思をすぐに汲《く》み取ってすぐさま立ち去ってくれたから助かった。

「肇……?」

唯は俺と有馬のやり取りが理解できず、戸惑っているようだ。縋《すが》るような視線はまっすぐ俺だけに注がれている。

その顔には、俺と話す機会を得られて嬉しいとも書いてあった。きっと仲直りを期待しているんだろう。

唯には悪いが、俺は唯と友だちの関係に「直る」つもりはない。俺たちの関係を一歩進んだ形に築き直すために、今日まで準備をしてきたんだから。

黙りこくった俺を、唯が不安そうな瞳で見上げてくる。唯を誘い出す文句はここへ来ても浮かんでこない。

言葉を探していると、スピーカーからは花火がもうすぐ始まるというアナウンスが流れ始めた。

考えている時間はない。

俺は唯の腕を引いて廊下へ飛び出した。

すでに花火は打ち上がり始めているんだろう。ドン、という音と衝撃が校舎に響いているのを感じる。

生徒たちの間を縫って、唯の手を引いたままの俺はぐんぐん廊下を進んでいく。みんな花火に夢中で、俺たちの姿なんて誰の目にも入っていないようだった。

ロープを跨《また》いで四階に上がり、田中に教えてもらった教室の扉を開く。すると俺たちを待ち構えていたかのようなタイミングで、閃光《せんこう》を散らした花火が夜空を明るく染め上げ始めた。広い窓をキャンバスに、次々と大輪の花が描かれていく様子は実に見事だ。

目を見張るほどの美しい光景に、唯が小さく声を漏らした。

「きれい……」

田中の予想通り、この教室はベストポジションだったようだ。これ以上いい場所は他にないと言えるだろう。

だから息をのむ唯には共感できた。だけど残念ながら、俺には花火に心を奪われている余裕なんてない。

「いいの？　俺なんかと見て」

「なにが？」

後夜祭の花火を二人で見ている。唯はこの状況の意味を正しく理解できているんだろう。

だけど現実を受け止めきれず、困ったような顔でこちらを見つめてきている気配が伝わってくる。

唯がどんな表情をしているのか、その瞳にどんな感情を映しているのか。気になってはいたが、初めての告白を前に、人生で一番緊張していると言っても過言ではない今の俺が、唯のほうを見られるわけもなく。ただ窓の外を眺めるふりをして、平静を装うのが精いっぱいだった。

「だって後夜祭の花火は――」

この想いをなんて伝えようか、俺なりにたくさん考えてきたつもりだ。だけど気の利いたセリフは結局、一つも浮かんでこなかった。

だから俺は、飾ることなく告げようと決めていた。

唯の細い肩を抱き寄せて、後ろからきつく抱きしめる。唯の体が強張るのを感じながら、俺は震える息を吐き出した。

「だから今、好きなやつと見てる」

「そ、それって」

「他に誰がいんだよ……バカ唯」

こんな時まで憎まれ口をたたいてしまう、俺のほうがよっぽどバカだと思った。

唯は俺がきつい言葉を使うと、いつも眉を吊《つ》り上げて怒った。だけど今ばかりは大きな目をいつも以上に見開いて、赤い顔してぱくぱくと口を開閉させるだけ。

唯にとって俺の告白は心底意外だったようで、何度も「ほんとに？」と繰り返しては、俺の顔を覗き込もうとしてくる。その目に嫌悪の色は見つけられない。

俺の好意は唯に正しく伝わっている。そして唯はそれを嫌だとは思っていないようだ。それどころか花火を映してキラキラと瞬く瞳が、俺に嬉しいと訴えてきている気がするのは俺の願望だろうか。

めちゃくちゃ可愛いな、俺の好きなやつ。

過去一可愛い唯に対して、俺は過去一ダサい顔をしている自信がある。だから見られまいと唯の頭を俺の胸に押し付けると、途端に唯は大人しくなった。きっと早鐘を鳴らす俺の心臓に気づいたんだろう。この音を耳にしてしまえば、嫌でも俺の本気を知ることになる。

唯に俺を拒む気配はない。そして俺は意を決した。

「好きだ、唯。お前のこと、ずっと好きだった。これからもずっと、俺には唯だけだ」

震えて上擦った声は間抜けで、まるで俺のものじゃないみたいな響きを奏でた。用意していなかっただけあって、告白のセリフも陳腐だ。不格好にもほどがある。

でも、これがありのままの俺だった。唯の心が欲しいと縋ることしかできない、ちっぽけな俺。こんな情けない告白じゃ、叶うものも叶わないだろう。

だけど俺は、唯が俺に甘いことを知っている。俺が唯を大切に思うように、唯も俺を大切に思ってくれていることを知っている。だからシチュエーションや俺の真剣さに絆《ほだ》されて、恋心がなくとも頷いてくれる可能性に懸けた。

うんって言えよ。いいよって。そしたら唯のこと、これまで以上に、ずっとずっと誰より大切にするから。

まるで俺の心の声に応えるかのように、振り返った唯の腕は俺の首に回り、涙声が俺の鼓膜を揺さぶった。

「おれも、おれも肇のことが好き……大好き……！」

唯の高い体温が俺を包み込む。切望しすぎたせいで「夢じゃないか」と錯覚する俺に、これ以上ないほど現実を押し付けてくる。気づけば俺は唯の体を強く抱き返していた。

大粒の涙が唯の頰を伝っている。その顔には確かに俺が好きだと書いてある。

流されたわけでも、同情したわけでもない。俺が好きだと告げる前から、唯も俺と同じ気持ちでいてくれたんだとわかった。

絶対に唯の心を手に入れるつもりではいたけど、両想いである可能性は考えないようにしていた。勝手に期待して、勝手に裏切られた気持ちになって、深く傷つくのがこわかったから。

だけど、唯も俺のことが好きなんだ。唯が、俺を好き。

頭の中で反芻《すう》するたび、俺の中に幸せがとぷとぷと注がれていく実感がある。そして俺以上に幸せそうな顔をして涙をこぼす唯を見ていると、こっちまで込み上げてくるものがあった。

それにしても、よく泣くな。

泣きすぎと笑って唯の頰に伝う涙を指で掬《すく》えば、俺の手に温かな唯の手が重ねられた。そして安心したように微笑《ほほえ》んだ唯の姿は、これまで見たどんな泣き顔にも負けないくらい、可愛かった。

帰り道。

街灯一つない真っ暗な道を行く俺たちを、星明かりだけが照らしている。

それなりに気温は低いはずだが、ちっとも寒さを感じないのは、きっと唯の体温を分けてもらっているからだろう。つないだ手から伝わる温もりが心地いい。

二人の間に流れる穏やかな沈黙を破ったのは、「そういえば」とつぶやく唯の柔らかな声音だった。

「肇って意外とロマンチックなとこあるんだね」

「は？」

「あのジンクス、くだらねえって言ってたのに」

できれば触れられたくなかったところだ。居心地が悪くなった俺が目をそらすと、唯はおかしそうに笑い声を漏らした。

「花火見るたび今日のことを思い出せるね」

「やめろ……」

「えーなんで？」

振り返ってみれば、シチュエーションを考えるばかりで中身はまるで無計画な、最悪な告白だったと言えるだろう。

直前までケンカしていたのがまずあり得ないし、連れ出し方も強引。しまいにはまだ付き合ってもない相手を抱きしめて、バカとまで言い放った。

俺が唯の立場だったなら、相手をぶん殴っていた自信がある。

両想いになれて嬉しい気持ちはもちろんあるが、告白に関しては二度と話題にしてほしくないし、できれば早急に唯の記憶から消去してほしいと思うくらいには、俺にとって黒歴史だった。

「あんな必死な肇見たの、初めてだったし。嬉しかったんだけど」

頬を染める唯は文句なしに可愛い。だけど明らかに告白を思い出している様子なのが気に食わない。

「わ、す、れ、ろ」

「やーらー！」

つないでいるのとは反対の手で唯の頬をつまんでやった。すると抗議の声とともに目尻に涙が浮かんでくるのがわかる。

そんなに痛くしたつもりはなかったんだが、今は力加減さえ狂っているようだ。

手を引っ込めると、唯は頬を擦りながらこちらを睨《にら》んできた。そんな姿さえ愛らしい。

「俺にとっては初めての『好きな人からの告白』なんだから！　ぜぇったい忘れないし！」

好きな人。それが俺を指す言葉だとわかった今、なにより甘い響きを孕んで俺の耳に流れ込む。

途端に「俺の想いをありのまま伝えたあの告白を大事にしようとしてくれている、唯の気持ちが嬉しい」だなんて絆され始めているんだから、我ながらチョロいと思う。

だけど俺が唯に弱いのなんて、今に始まったことじゃない。

「バーカ、最初で最後だろ。二回目なんてねぇよ」

「うん……！」

絶対に離さない。そんな意味を込めてつないだ手を握り直すと、負けじと唯も手に力を込めるのがわかった。

初めにつないだ時は周囲を気にしてばかりいたくせに、気づけばすでにここを落ち着く場所と定めたらしい。当たり前とでも言うように握り返してくる唯を愛おしく思う。

俺、浮かれてんな。

唯と両想いになれたことがよっぽど嬉しいんだろう。めずらしく表情筋が張り切っているおかげで、俺の頬は緩みっぱなしだ。

そして俺に負けないくらい締まりのない顔をしている唯の目には、俺への好意がありありと浮かんでいる。これだけわかりやすい、好きなやつからの「好き」を受け取って、浮かれないでいられるやつなんていないだろう。

ああ、もしかしたら、と考える。さっきはこわくて唯の目を見て告げることができなかった。だけど今なら言えるかもしれない。

拒まれることはないとわかった今なら、この想いをまっすぐ唯に伝えられるんじゃないかと思った。

「唯、好きだよ」

甘く溶けた瞳は、俺だけを映していた。

#4

撮られる
はじゆい

Haji×Yui

#4

撮られるはじゆい

「学校案内のパンフ？」

「うん」

カバンから取り出した冊子を肇に手渡しながら、唯は頷《うなず》いて答えた。

モデルにならないか。

唯が担任の教師からそう告げられたのは、今日の放課後のこと。

ホームルームが終わり、帰り支度を進めていた唯は「あとで職員室に来なさい」と声をかけられた。

呼び出されるようなことをしてしまったんだろうか。不安な足取りで職員室を訪ねてみれば、唯を呼び出した担任の机の上には、これ見よがしに学校案内のパンフレットが広げられている。

なんでこんなものが。

唯とパンフレットに関連性は見つけられない。不思議に思った唯に投げかけられたのが、学校案内のパンフレットのモデルにならないか、という話だった。

学校案内のパンフレット。主に高校への受験を考える中学生や、その保護者に向けて配られる、学校の紹介を目的とした冊子である。カリキュラムの内容や学校設備、卒業後の進路などの情報を更新するため、数年に一度の頻度で一新されている。

掲載する写真の多くは、プロのカメラマンを学校に呼んで、撮り下ろしたものを使用する。そのモデルは実際に在籍している生徒から、適当だと思う男女二人ずつに声をかけるのだそうだ。

そんな学校案内のパンフレットに載るモデルを、ぜひ唯に引き受けてほしいと担任は言った。モデルにはパンフレットの趣旨に合う、真面目な生徒を選んでいると前置きした上で、「山科がぴったりだと先生は思うんだ！」と目を輝かせている。

明らかにこちらを持ち上げるような雰囲気だ。そして担任の勢いと言ったら、気圧《けお》された唯が思わず一歩後ずさってしまったほど。

ちなみにもう一人の男子は、有馬に白羽の矢が立っているらしい。納得の人選だ。それだけに、有馬の隣に並び立つ自信が持てない。

正直気が進まないし、そんな柄でもない。圧倒的に辞退したい気持ちが勝っている。

でも期待に満ちた担任の目を見ていると、さすがに即答はしにくい。ここは一度持ち帰って考えるという方向で、今日のところは帰してもらおう。

そんな唯の考えなど、きっと担任にはお見通しだったのだろう。逃がすまいとばかりに説得され、しまいには近くにいた教師たちも巻き込んで、結局半ば強引に頷かせられてしまったのだった。

「ふうん」

半分は愚痴のような唯の話に、肇は興味なさげな言葉で返した。そんな肇が指先でもてあそんでいるのは、唯が担任から「参考にしてくれ」と渡された、今年度まで配布されている学校案内のパンフレットだ。

肇はこのパンフレットの表紙に見覚えがあった。確か高校の願書を取り寄せた時、一緒に入っていたような気がする。

なぜ曖昧なのかと言えば、当時中学生だった肇にとって、どんな高校であるかはそれほど重要な点ではなかったため、開きもせずに処分してしまったせいだろう。だから中身を見るのはこれが初めてのことだった。

パンフレットに写る四人の生徒は、みんな揃《そろ》って暗い髪色に、第一ボタンを隠すネクタイと、窮屈そうなブレザーを身につけている。いかにも真面目と言った装いだ。しかし内気という印象を与えるような生徒ではなく、それなりに見目がいいのも共通している。

肇は眺めていたパンフレットから目線を上げると、唯の横顔を盗み見た。唯はと言えばすでに腹をくくっているようで、前髪をつまみながら「美容院、行ったほうがいいかな」などとつぶやいている。

肇には、唯を誘った担任の考えが理解できた。

学校での唯は優等生キャラで通っているし、顔も悪くない。それどころか、肇の目には唯が世界で一番可愛い存在として映っている。

そんな唯が誌面を飾るのだ、きっとアイドル雑誌にも引けを取らないくらい、華やかなパンフレットができあがるだろうと肇は思った。

ただ、と考えながら肇はあるページで指を止めた。そこには二人の男子生徒が、親しげな様子で肩を組む写真が載っている。

これはおそらく、生徒同士の仲が良好であるとアピールするための演出だ。きっと今回の撮影でも、モデルとなる生徒たちは似たようなシチュエーションを求められるのだろう。

自分ではない誰かと肩を寄せ合い、微笑《ほほえ》む唯の姿を想像してみる。やっぱり恋人としては気分のいいものではない。しかもそれが広く世間に配られるのだ。どれだけ心の奥に押し込めようと、気に食わないという感情が頭を出してしまう。

そして気づけば心の声が漏れ出ていた。

「モデル、やめろよ」

「え、なんで！」

唯の問いかけを無視した肇は、拗《す》ねた態度を隠しもせずにそっぽを向いてしまった。困惑した唯はすぐさま肇が開くパンフレットに目を落とし、一つの考えが頭をよぎった。

肇はきっと、俺みたいな凡人はパンフレットのモデルにふさわしくないって思ってるんだ。

唯の自己評価はあまり高くない。モデルになれるような器でないことは、誰より唯が一番理解していた。

なぜかと聞かれれば、まず挙げられるのは特別整っているわけでもない容姿だろう。だけど一番問題なのは、中身のほうだ。

目立つことが苦手なこの性格を知っていて、モデルに適していると考える人間が果たしてどのくらいいるのか。

そんな唯の性格を見通した上で、肇は言葉少なに止めてくれたんだろうと思った。

肇の意見はもっともだ。唯の中でも、できることなら辞退してしまいたいという気持ちがいまだ勝っている。

だけど残念なことに、唯はすでにモデルを引き受けると担任に返事をしてしまったのだ。それが教師たちの連携によるゴリ押しの結果だったとしても、一度は「はい」と答えてしまった。

あれだけ唯を強引に誘っていたくらいだから、代わりを探すのはきっと大変なことなのだろう。もしかしたら散々断られたあとだったのかも。そうなると「やっぱりやめます」とも言いづらい。

心配してくれている肇には悪いけど、ここは心を鬼にするしかない。

「無理だよ。もうオッケーしちゃったし」

「じゃあ俺もやる」

「肇が⁉」

まさかの立候補に唯はぎょっと目を丸くした。そしてそのまま肇の顔をまじまじと眺めてみる。

色白の透き通るような肌に、切れ長の瞳を縁取る豊かなまつげ。整った眉に通った鼻筋。薄く色づいた艶やかな唇の下には、色気を感じさせる小さなほくろが一つ。

相変わらず、おそろしくきれいな顔立ちをしている。男の唯が見ても惚れ惚れ《ほぼ》するほどに、非の打ちどころがない容姿である。

素材だけで言うのなら、肇よりもモデルにふさわしい生徒など他にいないだろう。この顔が表紙を彩るのだ、入試の倍率は過去に類を見ないほど跳ね上がるに違いない。

入学志願者が増えるのは高校としても願ったり叶《かな》ったりだろうし、そのために肇を客寄せパンダにする選択肢だってあったはず。だけどそうはならなかった。その理由は、考えを巡らせるまでもない。

美しい顔立ちを飾り立てるのは、グレージュの髪と鈍い光を放つ銀のピアスたち。スタイルのいい体を包むのは着崩した制服だ。

どれも肇によく似合っている。似合ってはいるが、どう見たってパンフレットに載るような模範的な生徒には映らない。

しかもライバルは肇に負けず劣らず顔がいい上に、生徒だけでなく教師からの人望も厚い、あの有馬だ。勝てる見込みはゼロに等しいとも言える。

考えた末に、唯はこめかみのあたりを押さえた。

「無理じゃん」

肇自身も唯と同じように思っていたらしい。肇がなにか言葉を返すことはなく、ただ唇を尖《とが》らせてこの話は終わった。

てっきりこれで諦めたのかと思っていたのだが、なんと翌日、肇は担任に「俺もパンフレットのモデルやりたい」と申し出た。隣で聞いていた唯の驚きと言ったら、びっくりしすぎて口を閉じるのも忘れたほどだ。

だけどもちろん色よい返事は得られず、むしろ肇の普段の素行の悪さを注意されて終わった。

肇は自分のことも他人のことも客観視できるタイプだ。だから教師から許しがもらえるなんて初めから思っていなかったはず。それでも聞かずにはいられなかったのか。

それだけ今回のことが、肇の中で譲れない一線だったんだろうと唯は悟った。

だけどこれだけばっさり切り捨てられたのだ。さすがの肇でも断念するしかないと考えたようで、それから肇がモデルの話題に触れることはなく、唯もあえて口にしなかったため、この件は済んだことだと思っていた。

それが間違いだったと知るのは、撮影当日のことだった。


撮影当日の朝。

休みの日に制服に袖を通した唯は、学生の少ない電車に乗り込んだ。

昨日のうちに休日ダイヤの存在に気づいてよかった。いつも通りの時間に駅に来ていたら間に合わないところだった、と唯は車内で一人胸を撫《な》で下ろした。

集合場所として伝えられている教室には、時間に余裕を持ってたどり着いた。一番乗りだろうと扉を開ければ、すでに教師たちと女子生徒二人が揃っている。真面目な生徒ばかりが集められると、集合からすでに模範的になってしまうらしい。

見知らぬ大人の姿も見受けられた。おそらくカメラマンと、そのアシスタントなのだろう。教室の一角で撮影の準備を進めているのがわかる。

唯は教師に促されるまま、適当な席についた。

モデルを引き受けた女子が誰なのかは聞かされていなかったが、同じ学年の見覚えのある生徒だった。一緒のクラスになったことがないから話したことはない。二人に共通しているのは、黒髪のよく似合う整った顔立ちの生徒、という点だろう。

彼女たちは見知った仲らしく、和やかに談笑している声が聞こえてくる。その打ち解けた会話を聞くだけで、二人が親密な仲なのだとうかがえた。

鈴を転がすような声に耳を傾けながら、唯は心のうちで「なるほど」とつぶやいた。

ずっと不思議だったのだ。素行のいい生徒を選んでいるという話だったが、唯よりも適任な生徒は他にいくらでもいたはず。どうして自分に声をかけたのだろうか、と。

だけど女子たちの親しげな様子を見て、その理由がようやくわかった気がした。

ここからは唯の想像だが、男子のモデルを誰にするかと考えた時、真っ先に教師たちの頭に浮かんだのは有馬だったのだろう。性格よし、見た目よし。成績も優秀な彼ならば最適だと、満場一致で決定したに違いない。

そしてもう一人の男子は撮影の雰囲気を作りやすいよう、有馬とある程度良好な関係が築けている生徒に頼みたいと考えたはず。

しかし有馬が普段親しくしている男子は、派手な見た目の生徒が多い。パンフレットのモデルとして考えるならば、残念ながら適さない生徒ばかりだ。

困った教師たちは有馬の交友関係を洗い直した。そして有馬と同じ中学に通っていた、今でも親しい友人と言える唯に目を留めた、ということなのだろう。

つまり自分は有馬のおまけだったというわけだ。なるほど、それなら納得がいく。気負っていた心さえ軽くなってくるというものだ。

メインで写るのは有馬だろうし、俺はみんなの邪魔しないように隅で頑張ろう。

そう結論付けて、唯は一人拳を握った。


壁にかかった時計を見上げた唯は、続けてスマホを確認した。そろそろ約束の時間を過ぎる頃だが、いまだ有馬は来ていない。遅れるというメッセージが唯のところに届いている様子もない。学校にも連絡は来ていないようで、何度も扉と時計を見つめる教師の顔には、不安や焦りといった表情がありありと浮かんでいる。

あの有馬のことだ。寝坊やすっぽかしなんかは考えにくい。休日ダイヤだって抜け目なく把握しているだろう。なにか事件や事故に巻き込まれたんじゃないか、という嫌な想像が頭をよぎる。

そして撮影業者を待たせているという緊張感の中、ようやくその時は訪れた。

扉の窓に人影が映り、ガラリと音を立てて扉が動いたのだ。この場にいる全員がほっと胸を撫《な》で下ろしながら、開く扉に視線を集めた。

集合時間はとっくにオーバーしているが、まだ取り返せる範囲だ。まずは無事に到着できたことを喜んで、なにがあったのかを手短に確認して、それからすぐに撮影に移ればいい。

しかし安心していた教師たちは、次の瞬間現れた人物を見て息をのんだ。

「遅れた」

艶々の黒髪に、模範的な制服の着こなし。顔もスタイルも文句なしに美しい男子生徒がそこにはいた。

ここだけ注目するのなら、モデルにふさわしい人物だ。だけど問題なのは、彼が「有馬ではない」という一点だった。

こんな生徒にも声をかけていたのか。教師たちが顔を見合わせては、互いに首を振って否定する。一通り確認したが、誰も呼んだ覚えはないらしい。

じゃあどうしてこの生徒は、今日この場に現れたのか。しかも有馬が来ていないというこんなタイミングで、遅れたことを詫びるような口ぶりで。

そもそもこの生徒は誰なのか。

動揺が広がる中で、謎の人物の正体に気づいているのはただ一人。唯だけが知っていた。

見慣れた姿とかけ離れていたから反応が遅れてしまったが、彼の姿は唯の記憶にある人物と酷似している。いや、似ているというか、唯のよく知る彼でしかない。

「は、肇……⁉」

そこにいたのは紛れもない、唯の幼なじみである肇だった。しかも派手な髪色じゃない。中学時代を彷彿《ほうふつ》とさせる、黒髪の肇だ。

全員の注目を集めていることなど気にした風もなく、肇は当然のように唯の隣の席に腰掛けている。その姿を黙って見つめていた教師の一人は、唯の言葉でようやく謎の生徒の正体を把握したようだ。

「お前、三好か⁉　なんでここに……有馬はどうした⁉」

「あー……有馬は道で具合悪くなったばあちゃん見つけて、病院連れてくから代わってくれって言われたんで、俺が来ました」

「なっ……！」

嘘だ、肇の明らかな嘘。そうとしか考えられない。しかし誰一人として指摘できなかったのは、嘘だと思うのと同じくらい、もしやとも考えてしまったからだ。

相手はあの有馬だ。教師からの覚えめでたい、あの有馬なのだ。彼ならばどこかで人助けをしている姿が容易に想像できる。そんな彼に限って嘘だとは言い切れない。

そしてこれが肇の稚拙な嘘であると確信していたのも、唯だけだった。

仮に肇の話が真実だったとして、果たして有馬は困った状況に陥った時、肇に助けを求めるだろうか。しかもそれが優等生の自分に任された役割だったとして、肇を一番に思い浮かべるだろうか。

答えは否だ。

たとえば本当にトラブルに巻き込まれたとしても、もっと器用に立ち回って遅れずこの場に到着していてもおかしくないのが、有馬なのだ。

それに、と考えながら唯は隣に座る肇の頭に目を移す。

前日までは確かに柔からな輝きを放っていた髪が、今はきれいに黒く染まっている。肇は高校に上がると同時に派手髪にしてから、唯の知る限り一度だって髪色を戻したことはない。

もしも有馬が連絡を取った全員に断られてしまい、泣く泣く肇を頼ったのだとしよう。肇が有馬からの連絡を受けて急いで黒染めしたとは考えにくいし、たまたまこのタイミングで黒くしていたというにはあまりに不自然だ。

つまり肇は、以前から有馬を巻き込んで今日のことを企んでいたというわけだ。

「なんで来たの」

「だから有馬が」

「嘘じゃん。いつから準備してたわけ」

唯の質問に答える気はないらしく、肇は頬づえをついて黒板のほうを見つめるばかりだ。だけどなにも言わずとも、肇のこの反応だけで付き合いの長い唯にはわかってしまった。

有馬との入れ替わりは、昨日今日考えたようなものではない。きっとあの日、唯にモデルをやめろと告げたあの時には、すでに計画していたのだろう。

あれからなにも言ってこなかったから、渋々引き下がったものと思っていた。しかし唯の担任に「モデルやりたい」と告げたのはダメ元で、まさか唯にも黙って当日に強行するのが本命だったとは。

それにしても、肇がこんなことをするなんて意外だ。

モデルが唯の性格に合わないと、肇が心配してくれていたことを知っている。だからといって大胆な計画を企んでまで、肇はこんなことに首を突っ込む性格ではない。

むしろモデルなんて他人の注目を嫌でも集めてしまう仕事、肇が最も忌避《きひ》するものではないのか。

肇はどうしてこんなことをしたんだろう。

「おい三好、ちょっと来い」

肇を呼んだのは、普段は生活指導を担っている加賀という教師だった。見た目は厳《いか》つく、大きな声で指導されると身がすくんでしまうが、生徒想いな一面もあり生徒からは「カガセン」と呼ばれ慕われている。

加賀は呼びつけに応じて目の前までやって来た肇を観察するように眺めたかと思えば、今度は周りの教師たちと頷き合っている。

さっきまでの教師たちは、肇の言葉の真偽を確かめるべく、引き続き有馬に連絡を取ろうと動いていた。しかし一向につながる気配はない。そろそろ撮影時間にも影響が出てくる頃合いだ。これ以上有馬を待ち続けるのは現実的ではない。

そして代わりに現れた肇は、生徒の手本となるような身だしなみと模範的な制服の着こなしがよく似合い、なかなかに見栄えがする。普段のような格好であったのなら有無を言わさず追い返していたところだが、これならモデルとしては悪くない。

こうして教師たちの意見は、有馬の代役として肇で手を打つことに一致したのだった。肇の思惑通りである。

「普段からこういう格好が見たいもんだが……せめて頭くらい黒くしたらどうだ」

加賀の指導もむなしく、肇は曖昧に相づちを打つだけだった。

見ている側がヒヤヒヤするようなやり取りを終えて戻ってきた肇は、なぜか自分の席に戻らなかった。唯の前の座り込み、机に腕を乗せたかと思えば、こちらをじっと見つめてくる。まるで品定めされるかのような視線は正直居心地が悪い。

どこかおかしいところあるかな。不安になった唯の手は、自然と窮屈なネクタイに伸びていた。

「なんか変？」

「ブレザー、入学式ん時以来だなと思って」

唯たちの在籍する高校は、制服の着用に関して校則があまり厳しくない、自由な校風をモットーにしている。だからこそ人気も高く、偏差値を上げる要因にもなっているらしい。日常から堅苦しいブレザーを羽織る生徒は少なく、個性を出せるセーターやカーディガン、パーカーなどをシャツの上に着るのが主流だ。

唯がブレザーに袖を通したのは、肇の言うように入学式以来のことだった。

肇は入学式の時から、俺がここにいるって知ってたんだ。

肇が同じ高校に通っている。そのことを唯が知ったのは、入学して少し経《た》った頃だった。最初に肇とすれ違った時は、失恋を引きずりすぎて幻覚でも見ているのかと思ったくらい。違う高校を選んだはずだと思い込んでいる唯は、入学式で肇の姿を探すことはなかった。

でも、肇はちゃんと見ててくれたんだ。

あの頃はまだ復縁前だったのに、ちゃんと意識してくれていたのか。何百人いる新入生の中から唯のことを見つけて、格好まで覚えてしまうほど目に焼き付けてくれていたなんて。

肇は別れている間だって、唯を忘れたことはなかったと言っていた。その言葉を疑ったことなんてない。

だけどなにげないこんなセリフから、それが真実だったんだと知ることになるとは思っていなかった。

唯は喜びからじわじわと胸のうちが熱くなっていくのを感じる。覚えていてくれて嬉しいって肇に伝えたい。ずっと想っていてくれてありがとうって。

だけど今は周りに人が多すぎる。きっと唯たちの会話は他の生徒の耳にも入ってしまうだろう。

迷った末に、唯は「うん」とだけ返すことにした。その声はきっといつもと同じように響いたはず。だけど表情までは取り繕えなかったのだろう。唯の顔は耳まで赤く色づいている。

「なんか顔赤くね」

「き、緊張してんの！」

いや、緊張の顔じゃねーだろ。

唯がめちゃくちゃ可愛い顔をしている。具体的に言うのなら、今すぐキスしたくなるような顔だ。だけど厄介なことに、本人にはその自覚がないらしい。

そんな顔でカメラの前に立つんじゃないだろうな、と焦りが肇の中に走る頃。教室にはカメラマンの明るい声が響いた。

「そろそろ撮影を始めたいと思います！」

いよいよ撮影が始まった。

まずは教室での風景を、ということで場所はそのまま。カメラマンの指示に従い、女子二人は窓際の席に座り、肇と唯は窓枠にもたれかかるように立つ格好だ。

「じゃあ次はこっち見てー。今日の給食は好きなおかずで嬉しい！　みたいな顔で」

「高校は給食ないでーす」

「あ、そっか！　じゃあ好きな先生が面白いこと言ってるぞ！　ってな感じで……実際にやってもらいましょうか？」

「無茶ぶりやめてくださいよ！」

笑い声が教室に響いている。初めは強張りを見せていた女子たちの顔つきは、随分と自然なものに変化している。カメラマンが常にモデルとなる生徒に話しかけ、雰囲気をよくするべく努めているからだろう。その間にもシャッターを切る手が止まることはなく、撮影は進み続けている。

ただ一人、緊張とは無縁な様子であくびをしているのは肇だった。なにを言われてもにこりとも笑わないどころか顔色一つ変えないが、誰よりも自然体で日常を表現していると言える。そしてなにより顔がいいだけに、ぼーっと立っているだけでも十分絵になってしまうのだ。

しかしそんな肇でも、隣に並び立つ唯のことだけは気がかりだった。

さっき肇と話している時の豊かだった表情は見る影もなく、引きつった笑みはひたすらにぎこちない。桃色に染まっていた愛らしい頬も、今では血の気が失せて、見ているとこっちまで気分が悪くなりそうなほどだ。

肇の心配通り、唯の心の中では嵐が吹き荒れていた。

やばいやばいやばいやばい、緊張しすぎてなんにもわかんない……！

カメラマンが場を和まそうとなにか話しているのはわかる。しかし撮影モデルという慣れない仕事に加えて、学校の顔になるんだというプレッシャーから、緊張が最高潮に達している唯の耳には誰の声も届かない。

さらにはさっきまで同じように緊張した面持ちだったはずの女子たちが、カメラマンの声につられて自然な笑みを見せているではないか。

どうしよう、どうしよう。自分だけが足を引っ張って、撮影に支障をきたしている。早くなんとかしなければ。そう思えば思うほど、唯の焦りはどんどん増していき、一層表情は固くなるばかりだ。

「なあ、唯」

そんな唯を現実に引き戻したのは、耳になじんだ声と、覚えのある感触だった。

頬を引っ張られている。痛みはほとんどない。唯が苦痛に感じる一歩手前をよく知る指先の力加減は、むしろ思いやりさえ感じさせる。

肇だ、肇の声がする。肇が俺を呼んでるんだ。

「ふぇ……？」

「朝飯だって」

「あ、あしゃごはん……？」

ようやく唯と視線が交わったことに安堵したのだろう。唯の舌足らずな返事を聞くと、すぐに肇の指は離れていった。

赤くなっていないだろうか。頬を擦りながら周りを見渡せば、肇と女子たちが唯に注目しているのに気がついた。

「朝ごはん、なに食べた？　って話してたの」

「私は緊張して全然食べれなくて」

「あーわかる！　私も」

「山科くんは？」

どうやら今はカメラのほうを向いての撮影ではなく、生徒たちだけで話している場面を撮影しているらしい。カメラマンはさっきとは打って変わって、黙ったままシャッターを切り続けている。

さっきまでまともに焦点が合わせられない感じだったのに、今ははっきり見えている。それにみんなの声も鮮明に聞き取れて、意味もちゃんと理解できる。目も耳も頭も、ようやく働き始めてくれたような感覚があった。

なんだっけ。ああ、そうだ。朝ごはんの話だった。

きっとすぐに答えられるような、身近な話題を投げかけてくれたんだろう。おかげで真っ白な頭でもすぐに思い浮かべることができた。

「パンケーキ、三枚」

「食いすぎじゃね？」

「だ、だって、いっぱい食べて元気に撮影に臨もうって！　そういう肇こそ、なに食べたの」

「俺はコーヒー」

「またコーヒーだけ？　朝ごはんちゃんと食べないと力出ないよって、いつも言ってるじゃん」

「へいへい。食べる話してたら腹減ってきた」

そう言って肇は自分の腹を手で押さえている。本当におなかが空いているようだ。肇にしてはめずらしく、感情がよく現れている顔つきだった。

「こんな大仕事させられんだから、モデル料としてカガセンになんか奢《おご》ってもらおうぜ」

「肇は呼ばれたんじゃなくて勝手に来たんだけどね」

肇と唯のやり取りを聞いて、女子たちが楽しそうに笑みを浮かべている。そして唯は、いつの間にかいつもみたいに笑えている自分に気がついた。

相変わらずカメラマンは忙《せわ》しなく動き回っているし、シャッター音だって耳につく。撮影の様子を眺めている教師たちの視線もそのままだ。だけど気にならないくらいに心が軽い。

きっと肇は、泥沼にはまり込んだ唯を見かねてフォローしてくれたんだろう。ちょっと強引な手段だが、頬をつねられるくらいしないと、きっといつまで経《た》っても現実に戻ってこられなかった。

それに女子との会話をつなぐなんて、慣れないことまでしてくれている。唯と二人の時はそれなりに口を開く肇だが、学校で自分からこんなに話す姿は初めて見た。

きっと肇なりに頑張ってくれているのだろう。唯のために。

肇の優しさに触れ、唯は高鳴る胸の音に耳を澄ませながら、カメラに向かって微笑んでみせた。

・＼●／・

駅で女子たちと別れて電車に乗り込むと、唯は息をついた。

いつもならこの時間は席が埋まってしまっているが、休日のせいもあって乗客はまばらだ。これ幸いとばかりに唯と肇は隣り合わせて座席についた。

昨日は緊張からあまり眠れなかった。適度な疲労とようやく人心地ついたことで、緩やかな眠気が唯の頭にもやをかけるようだ。

撮影は三時間ほどで終了した。

肇が期待したような「奢ってもらう」なんて展開にはならなかったから、おなかは結構な空腹を訴えてくる。しっかり食べてきた唯でこうなのだ、朝を抜いた肇はもっとおなかを空かせているはず。だけど隣に座る幼なじみに目を移しても、澄ました顔で前を見つめているだけだった。

きれいな横顔は、いくら眺めても見飽きることはない。きっと今日撮った写真にも、肇の美しさはよく現れていることだろう。

「教室で撮った時、ありがと」

「唯の顔がひどすぎて見てられんかった」

「ひどいとか言うな」

男子高校生のノリで、肇の肩に自分のものをぶつけてみた。そんなに強くはしなかったはずなのに、肇は「痛て」とつぶやいている。それがあまりに棒読みだったから、おかしくなった唯は笑い声を漏らした。

「ねえ、なんで今日来たの。肇がモデルとか、絶対嫌がるやつじゃん」

教室ではスルーされた質問を、唯はもう一度繰り返してみた。今度は肇に唯を無視する気はないらしく、なんと答えるか頭を悩ませているのが見て取れる。

肇がようやくぽつりと言葉をこぼしたのは、唯が停車した駅で人が降りていくのをぼんやり眺めている時だった。

「……写真」

「写真？」

「前にツーショ撮ろうって言ったら、唯がやだって」

その時のことはよく覚えている。

肇は昔から盗撮されることが多かった。顔のいい男子をカメラに収めたいという無邪気な欲求からなのだろうが、される本人にはプライベートを侵される苦痛でしかない。肇が写真を撮られるという行為に苦手意識を持ってしまったのも、無理もないことだ。

そんな肇から、一緒に写真を撮ろうと提案された。めずらしいこともあるものだと唯は思った。

肇とは反対に、唯は写真を撮られることにあまり抵抗がない。子どもの成長記録としてやたら写真を撮りたがる親を持ったせいだろう。

だから肇のお願いに、初めは「いいよ」と答えるつもりだった。だけど改まって確認を取られるとなんだか照れくさくなってしまい、気づけば「やだ」という言葉が口から滑り落ちていったのだ。

「唯のこと、顔とか声とか、全部好きで、覚えてるつもりだけど、形に残るものってねーなって思って。だから撮ろうって言ったのに拒否られたから」

「だ、だってめっちゃ近い距離で撮ろうとするし、誰かに見られたらって……！」

「だから今日は、誰に見られてもいいやつ撮ってもらおうと思って、来た」

知らなかった、肇がそんなふうに思ってくれていたなんて。肇はたまに、恥ずかしいセリフをさらりと言い出すから困ってしまう。

帰ったら、今度は俺から撮ろうって言ってみようかな。

きっと仕返しのように「やだ」と言われるんだろうな。でもそのあとに、笑って応じてくれることを知っている。

カメラマンには絶対に見せなかった、唯だけが知る恋人の顔をしてカメラの前に立ってくれるだろう。

頬に集まる熱を逃がすように手の甲を当てていると、こちらをじっと見つめてくる肇の視線に気がついた。さっきあんなことを言われた今では、こんな顔も肇の目に焼き付けられているんじゃないかと思えて、くすぐったいような心地になってくる。

「朝も思ったけど、あんま外でそういう顔すんな」

「またそれ？　どんな顔か自分じゃわかんないし」

「……唯、あれある？　パンフ」

「ああ、前のなら持ってきてるよ」

なにかの参考になるかと思って、配布中のパンフレットはカバンに入れて持ってきている。取り出すとすぐさま肇に取り上げられた。

撮影が終わった今、前のパンフレットを見る用事なんてあるのか。会話の流れ的に必要そうには思えなかったが、なにか思い出したことでもあるんだろうか。

あ、もしかして今日撮った写真がどんな感じになるのか、イメージしたいとか。

唯なりに予想をつけて、肇の開くページを見守ってみる。しかし肇は目当てのページなどないようで、適当に開いたかと思えば目の高さまで持ち上げている。

肇の奇行によって視界をパンフレットで覆われた唯は、驚いて口を開いた。

「ねえ、なにこ」

なにこれ、前見えないんだけど。そんなセリフを吐き出しかけた唯の口を塞いだのは、柔らかななにかだった。

よく知る恋しい温もりは、触れたそばから甘く溶けていくようだ。目の前にはきれいな瞳が隠されることなく、唯だけにまっすぐ注がれている。熱に浮かされたような視線から目がそらせない。

肇にキスをされているんだと気づくのに、おそらく五秒はかかった。

キスだ、キスされている。電車の中で。パンフレットで隠しているとは言え、誰に見られるかもわからないこんな状況で。肇にキスされている。

これがキスだと唯が理解してからさらに三秒が経った頃、肇は離れていった。いつもであれば肇の唇から響くリップ音が、今日ばかりは聞こえてこない。そんな配慮ができるくらいには、肇の頭は冷静らしい。

二人の距離が恋人のものから友だちのものへ戻ると、肇はなんでもなかったような顔をして、役目を終えたパンフレットを腿《もも》の上に広げてページをめくり始めた。自分で事を起こした肇とは違い、不意打ちを食らった唯が平静でいられるはずなんてない。

「な……なっ……！」

「電車の中ではお静かに」

「……外で、なんて、信じられない」

「この車両、俺らだけだし。誰も見てないからいーじゃん」

「いいわけないじゃん！」

北尚高等学校

「あんな顔してる唯が悪い」

「だから自分じゃわかんないって……」

「部屋帰ったら続きしよ」

欲に濡れた瞳に見つめられて、唯はただ押し黙ることしかできなかった。

パンフレットの撮影が記憶から薄れたある日のこと。唯たちは職員室に呼び出された。

担任の机の上にはいつかのように、これ見よがしに置かれたパンフレットが一冊。違ったのは、その表紙に写る人物に見覚えしかないことだ。

そして手渡されたのが、唯たちの写真が載ったパンフレットの見本誌だった。

表紙にはグラウンドで撮った写真が大きく掲載されている。眺めていると、改めてモデルになったんだという実感がじわじわと湧いてくる。

さすがプロが撮っただけはある。親が撮った写真よりも、三割増くらいに写っている気がする。

その場で中を確認してもよかったが、「山科に声をかけてよかった！」となぜかやたらとテンションの高い担任の前で見るのがなんだか恥ずかしくて、そのまま持ち帰ったのだった。

唯がようやくパンフレットを開けたのは、肇の部屋を訪れてからのことだ。

「肇、めっちゃかっこよく写ってるよ」

「いつもと変わんなくね」

確かにいつもと変わらずかっこいい。だけどこれが当たり前でないことを唯は知っている。誰しも写真におさまる自分の姿は、鏡に向かうときよりいくらか劣って見えるものだ。そうじゃなく普段と同じに写っているというのなら、それだけですごいことだと唯は思う。

唯のほうはと言えば、たまにいい顔で写っているものもあるが、たいていは理想の自分ではない。今開いているページなんか特にそうだ。へにゃりと笑った顔は締まりがなくて、情けなく写っているように感じてしまう。

さっさと次のページに移ろうとした唯を止めたのは肇の声だった。一緒にパンフレットを覗き込むべく、ベッドにうつ伏せに寝転ぶ唯の上に遠慮なくのしかかってくる。普通に重い。

「あ、それ俺のお気に入り」

「どこが。間抜けヅラじゃん」

「可愛いだろ」

肇はいたずらっぽく笑ってそう言った。

茶化してはいるが、肇は本気でこの写真の唯を可愛いと思っているらしい。なんでよりにもよってこんな写真を好むのか。理解できない唯はページをめくる手を再開した。

「肇、撮られるのどうだった？」

唯とは違い、どのページに写る肇も非の打ちどころがないくらいにかっこいい。

こんなにきれいに撮ってもらえるのだ。写真嫌いな肇でも、「モデルをやってよかった」「またやりたい」なんて考えが変わってもおかしくないんじゃないかと思った唯の質問だった。しかし待っても返ってくる言葉はない。

不思議に思って背中を振り返ると、顔を歪ませながら「なに当たり前のこと聞いてるんだ」とでも言わんばかりの目でこっちを見ている肇の姿があった。

「無理。二度とない」

「なんで？　最後とか肇だけめっちゃ撮られてたじゃん」

有馬の遅刻と肇の登場というイレギュラーによって開始時間は遅れたが、撮影が順調に進んだことにより、本来であれば時間通りに撮影を終えられるはずだった。

しかしカメラマンが被写体としての肇をいたく気に入り、なぜか最後に肇一人だけの写真を大量に撮影し始めてしまい、結局終了時刻は予定よりもオーバーしてしまったのだ。

そういえば肇は最後に、「写真スタジオのモデルにならないか」と名刺まで渡されていた。あの返事をどうするのか聞きそびれていたが、この反応を見るになにかリアクションを返したようには思えない。

「唯は俺が撮られるの、嬉しいわけ」

考えてもいなかった質問が飛んできた。

肇が他人に撮られることを、自分はどう思っているのか。試しに唯はうーんと頭を悩ませてみたが、答えは考えるまでもなく唯の中で見つけられた。

「初めは、好きな人をかっこよく撮ってもらえるの、嬉しかったけど。たくさんの人が見るって考えたら……妬けてきて」

自分で言っていて恥ずかしくなったのだろう。頬を色づかせながら愛らしい独占欲をあらわにする恋人は、文句なしに可愛い。

得意のあまのじゃくも今ばかりは鳴りを潜めている。肇は素直になれない不器用な唯のことも可愛いとは思っているが、唯が自分に甘え本音をさらしてくれる瞬間がたまらなく好きだった。

二人の間に流れる空気は艶のある濃密なものに変化している。愛おしいという衝動のままに、その唇を貪《むさぼ》ってしまおうかと肇は考えた。

しかし唯はと言えば、さっきの自分の発言とこの雰囲気にいたたまれなくなったようで、逃げるようにまたパンフレットに目を落としている。そしてすぐさま誌面に心を奪われるのが見て取れた。

唯がうっとり見つめる先に写るのは、肇の姿だ。唯が心惹《ひ》かれているのは自分だとわかっている。しかし今この時の自分を差し置いて、他の男に魅入られている唯の姿は見ていて面白いものではない。

だから肇は心のおもむくままに、取り上げてしまうことにした。

「あ！　まだ見てるのに」

「本物よりいいもんなんて写ってねーよ」

「それがあるんだよねー。黒髪肇、懐かしくて。結局次の日には髪戻しちゃってたし」

「……黒のほうがいいんかよ」

まさか「本物よりいいものは写っていない」の言葉を否定されるとは思っていなかったようだ。拗ねた肇は唯の上から退くと、唯に背中を向けて寝そべってしまった。

明らかに「ふてくされています」という意思表示だ。唯からの愛を一番に向けられていないとへそを曲げてしまう。そんな面倒な恋人が、唯は愛らしく思えた。

「黒い髪の肇は初めて俺に好きって言ってくれた肇だから、大好き」

「ふうん」

唯の示した理由は、肇の中で案外悪くないものだったらしい。返事に不機嫌な響きは感じ取れない。だけど顔を見せてくれないのは、今の自分より前の自分を優先されているようでやっぱり面白くない、という不満が拭えていないせいだろう。

続くセリフを吐き出す前、唯は肇の背中に指を這わせた。唯にとっては今の肇も昔の肇も変わらない。いつだって唯の胸を高鳴らせてくれる、大好きな人なんだと伝わればいいと思った。

「でも、今の肇はもう一回俺のこと好きって言ってくれたから、大好き」

「お前、俺だったらなんでもいいんだろ。俺のこと好き過ぎじゃん」

「……悪い？」

一気に機嫌が直った肇が振り返ると、上目遣いでこちらを見ている唯と目が合った。さっきまでは天使かと見紛うくらい初心《うぶ》な顔で頬を染めていたくせに、今では小悪魔の微笑が肇の心をねだってくる。

唯にはいつも敵《かな》わない。いつだって肇が望む以上の答えを導き出してしまうのだから。

これが肇の機嫌を取るために取り繕った言葉なんかじゃなく、本心だとわかってしまうのがより厄介だ。これ以上なんてないと思っていたはずなのに、気づけばさらなる深みにはまってしまう。そしてもっと唯が欲しくなるのだ。

聞くまでもない返事を求めるのは、唯も同じように貪欲に肇の愛を望んでいるからか。

「悪くない」

誘うように目を瞑《つむ》った唯に抗うことなどできるはずもなく、吸い込まれるように肇はその柔らかな心地に唇を寄せた。

・＼●／・

肇たちの写真が掲載された新年度向けの学校案内パンフレットは、配布開始するやいなや「とんでもないイケメンが載っている」とすぐさま話題を呼んだという。

その結果、翌年の入学志願者は過去最高にのぼったのだが、教師たちは喜んでばかりもいられなかった。

冊子は瞬く間に捌《さば》けてしまい、オークションサイトで高額転売される事態が起きた。またウェブで公開している学校のホームページは、一時アクセスが集中しすぎてサーバーがダウンするほどの賑《にぎ》わいを見せ、いまだ閲覧数は伸び続けている。

これらの対策や、パンフレットを見た外部の人間からの問い合わせの対応など。教師の仕事量が圧倒的に増えてしまったのだ。

職員室で鳴り続ける電話に悩まされた教師たちは、一様にこう考えた。

次は絶対、イケメンは選ばない、と。

「ねえ見て、ついに手に入れちゃった」

肇のクラスの教室でのこと。一人の女子が見せびらかすようにあるものを取り出した。するとスマホを見ていた彼女の友人たちが顔を上げ、揃って「おー」と声を上げたのだ。

「今どこにもないいって言われてるやつじゃん。落札したの？」

「オクじゃないし。妹がたまたま資料請求してて、送られてきたやつ借りてきた」

「てかマジで三好写ってんじゃん」

彼女の机の上に広げられたのは、現在通っている高校のパンフレットだった。

在籍している学校案内のパンフレットなど、本来であれば在校生が目にするようなものではない。しかし外でこれだけ注目を集める今、すでに校内にいる誰もがその存在を知るくらい有名なアイテムとなっていた。

「は？　黒髪三好やばない？」

「顔面力えぐ過ぎて視力落ちるわ」

「下手なアイドルより顔がいいのなんなん」

教室の窓際。男子の輪の中で一人、退屈そうにあくびを漏らす生徒が一人。そこにはパンフレットの中の人物と、同じ顔立ちの男子が立っている。

写真と違う点を挙げるとすれば、真っ先に見つけられるのが髪色だろう。

黒髪とは対照的に、差し込む太陽の光を柔らかに反射するグレージュの髪。派手な色合いは、どこにいても見つけられるだろう。そしていくつものピアスが耳を飾る姿など、どれだけ高く見積もっても優等生には見えない。

「こっちも悪くないいんだけど」

「わかる。一回でいいいからこの三好、生で見たいよね」

「頼んだら黒染めしてくんないかなー」

心の声を漏らすかのような一人のつぶやきに、その場にいた女子たちは思わず押し黙った。そして頭の中で肇の反応を想像してみる。

ある女子は軽いノリで。ある女子はあざと可愛く。ある女子は拝むように頼み込んで。

それぞれ違った展開を予想したはずなのに、結果はどれも同じところへたどり着く。そして同時にため息を吐き出した。

「無理だよなー」

「むりむり。何回考えても三好がいいよって言うとこ想像できない」

「三好の機嫌が超絶悪くなる未来しか見えない」

ただでさえ無表情な顔を凍りつかせ、絶対零度の視線でこちらを見下ろす話題の人物を思い浮かべて、もう一度つぶやいた。

「無理だよなー……」

そして女子たちが自分の話をしていることなど知らない肇は、ポケットからスマホを取り出した。

ホーム画面の壁紙は、つい最近撮った写真だ。肇ともう一人、一見して友人同士の二人が仲睦まじげにピースサインで映っている。

この写真を撮る時は大変だった、と肇は思い出す。

とにかく相手が照れてしまい、まともな写真になるまでに結構な時間がかかったのだ。だけどしつこく粘っただけあって、納得のいくものが撮れた。

スマホの小さな画面の中ではにかんだ笑みを浮かべる恋人を、優しく指でなぞってみる。そして肇は人知れず、写真の唯につられて笑みをこぼした。

#5

はじゆいの誓い

Haji × Yui

#5 はじゆいの誓い

八月下旬。

高校生の二度目の夏休みも、今日が最終日。長かったはずの俺たちの夏は、あっという間に過ぎ去り終わりを告げようとしている。

宿題は終わらせているし、やり残したことも思い浮かばない。新学期を迎える準備は整っていると言えるだろう。だけど明日から学校かと考えると、なんだか物悲しい気分になってしまうのが学生の性《さが》だ。

そんなある日のこと。肇がこんなことを言い出した。

「学校始まったら、当分帰りは別になると思う」

クーラーの効いた肇の部屋で過ごしていた俺は、読んでいた雑誌から驚いて顔を上げた。

「え、なんで？」

「ちょっと用事」

ちょっと用事があるから。

肇が言うこのフレーズには聞き覚えがありすぎた。夏休みが始まってすぐの頃、肇を遊びに誘った俺は同じセリフを告げられていたのだ。そしてそれは一度ではなく、何度となく申し訳なさそうに肇から伝えられたのをよく覚えている。

だけどすべての誘いを断られていたわけじゃない。めげることなく肇に声をかけ続けた俺の調べによると、平日は比較的首を横に振られることが多いという結論に達していた。

夏休みが終わって新学期が始まれば、嫌でも平日は学校に通わなくてはならなくなる。だからきっとその頃には用事を終えて、どうして会えなかったのかを話してくれるはずだ。そう自分を納得させていたんだけど。

まさかの新学期になっても影響してしまう用事ってなんだ。

「当分ってどのくらい？」

「二カ月くらい」

「そんなに⁉」

つまり夏休みから続けて三カ月も拘束されてしまうらしい。どんな用事だよ。

肇の口から聞いたことはないけど、たぶん肇は俺と過ごす時間を大事にしてくれている。やたらと家に泊めたがるのも、一緒にいたいと思ってくれているからだ。

そんな肇が、俺との時間を割いてまで徹する用事というのが少し、いやだいぶ気になった。俺に隠れてなにかやましいことでもしてるんじゃないの、なんて嫌な考えが勝手に頭に浮かんでくる。

肇のことは信じてる。信じてるんだけど。

なぜか理由を説明する気のない肇を見ていると、ざわざわと胸のうちが落ち着かなくなってtaしまうのだ。

肇のことだ、俺の不安なんてとっくの昔に感じ取っているはず。だったら隠さず教えてくれたらいいのに、と身勝手な自分が顔を出した。

「……用事、俺には言えないことなの」

頬を膨らませた俺を見て、困ったように笑った肇が頭に手を置いてくる。肇の低い体温は、今日も俺の肌によくなじんだ。

一緒に帰れなくなるってことは、こんなふうに部屋で過ごせる時間も減るってことだ。この体温を感じられない日が増えるのだと思うと、胸の奥がずんと重たくなった。

「浮気とかじゃねーから、安心しろって」

「そういう心配してないし」

「今はしてなくても、そのうち唯はするんだよ。付き合い長い俺は知ってる」

心当たりしかなさすぎて、思わずうっと言葉に詰まった。

「終わったら全部話すから、待ってて」

優しい声音で頬を撫《な》でられると、それ以上はなにも言えなくなってしまった。

・＼●／・

新学期が始まると、宣言通り肇は俺より先に帰ってしまうようになった。

家まで一緒に帰るのが無理なら途中まででもいい、校門までだっていい。わずかな時間でも一緒にいたい。

そんな思いから、帰りのホームルームが終わると俺はすぐに肇の席を振り返るようになった。だけどいつも肇はすでに教室を去ったあとだ。

俺も負けじと荷物を引っつかんで、肇の背中を追いかけた日もあった。だけど俺がついてきているのを見ると、肇は俺を振り払うべくあえてスピードを上げるのだ。

そんな態度を取られてしまっては、無茶なこともできない。「本当に知られたくないんだな」と諦めるしかなかった。

これまで通り一緒に登校できる朝だけは、学校がある日に二人で過ごせる大事な時間だ。だけどその時間も、残念ながら心にもやもやを溜《た》めるものでしかない。

学校が始まって、肇は明らかにあくびの回数が増えた。バスや電車で座っている時なんか、睡魔に負けてうとうとしていることも多い。疲れが滲《にじ》んだ横顔ばかりを見せられて、なにも思わないでいられるはずなんてないだろう。

なんでそんなに疲れてるの。なにか大変なことに巻き込まれてるんじゃないの。

探りを入れようにも、いつも眠そうにしている肇になにかを聞けるような雰囲気じゃなかった。

肇のことは誰よりも俺が一番理解しているつもりでいる。だからといって肇のことを全部知っているわけじゃない。知らないことだってまだまだたくさんあるだろう。でもそれが悪いことだと俺は思っていなかった。

別々の人間なんだから、人に知られたくないことの一つや二つはあるものだ。好きな相手ならなおさら、格好悪いところは見られたくないと思うはず。

俺だってそうだ。肇に言えないことは当然ある。

きっと肇にも、俺には隠していたいことがあるんだと思う。今回のことだって、俺には言えないなにか深い事情を抱えているんだろう。

そんな肇は俺に、終わったら話すと言ってくれた。ちゃんと誠実に向き合ってくれようとしている。だったら今は肇を信じて待とう。

なんて殊勝な考えでいられたのは最初だけだった。新学期が始まってひと月も経たないうちに、俺は決意した。

肇のあとをつけよう、と。

きっと俺は自分でも思っていた以上に、肇に拒まれ続ける日々にフラストレーションが溜まっていたんだろう。だけど夏休みが終わればきっと日常が戻ってくる。そう信じて耐え抜いた夏休み最終日に、まさかの延長を告げられてしまったのだ。

それでもまだ、休みの日は一緒にいられるんだから大丈夫だと思っていた。だけどやたら長く感じる平日をやり過ごし、ようやく訪れた休みの日の肇と言えば、疲れているのか寝てばかり。

構ってもらえないストレスから、深刻な肇不足に陥った俺は、静かに臨界点を突破していたようだ。

その結果、肇の背中を見失わないよう適度な距離を取って目を凝らす俺がいる。

ここまでの道のりは簡単なものじゃなかった。

肇のあとをつけようと決めたはいいが、一番の難関は肇に撒《ま》かれないようにすることだ。俺の足では肇に敵《かな》わない。俺が追ってきていると知れば、またも追いつけない速度で振り切られてしまうだろう。それじゃダメだ。

だから肇に見つからないよう、慎重に隠れて動く必要があった。

まずは帰りのホームルーム。俺はあえて机の上に教科書やノートを置いたまま、帰りの準備が整っていない体を装った。今日は残って勉強するつもりですよ、肇を追うつもりなんてまったくないですよ、というアピールだ。

そしてホームルームが終わり、肇が教室を出ていったのを確認すると、すぐさま机の上に広げたものを乱雑にカバンに突っ込んで、同じく教室を飛び出した。でも俺が向かうのは肇とは反対方向。体育館への渡り廊下へと続く階段だ。

どれだけうまく隠れて追ったとしても、同じクラスだから下駄箱で必ず鉢合わせてしまう。肇が去るのを待っていては見失いかねないし、ギリギリを狙っても見つかるリスクが高い。

だから俺は、あらかじめ準備をしてきたのだ。ビニール袋に入れた靴をカバンから取り出して、渡り廊下で素早く履き替える。そして校庭を突っ切って校門へ急いだ。

教室から校門へは、昇降口を経由するよりも、一階の渡り廊下から向かったほうが速いはず。俺が立てたこの仮説はどうやら正しかったらしい。

校門付近に植えられた木陰に隠れて早数分。肇は昇降口から姿を現した。危なかった。だいぶギリギリだったけど、間に合ってよかった。

俺が隠れているとも知らず、肇が俺の前を通り過ぎる。見つかるんじゃないかとドキドキしたけど、肇に不審がる様子はなかった。

肇の歩調は普段よりもだいぶ速い。でも追えないほどじゃない。

第一関門をクリアできたことに胸を撫《な》で下ろしていた俺は、気を引き締めて木陰から飛び出した。

こうして俺の尾行は開始したのだった。

肇は学校を出てまっすぐ駅に向かうと、家とは逆の方面の電車に乗り込んだ。同じ車両に乗ったら気づかれてしまうと思った俺は、あえて隣の車両を選んだ。

こっちの方面で肇が立ち寄りそうな場所に心当たりはない。見失ったらきっと見つけられないだろう。俺は肇から一瞬も目を離すことなく、電車の中で過ごした。

肇が降りたのは、なじみのない駅だった。名前くらいは知っているけど、降りたことはない。だけど肇はすでに何度も行き来しているようで、改札を出たあとも迷うことなくぐんぐん進んでいく。

通り過ぎていく景色は家ばかりだ。こんな場所にどんな用事があるんだろう。立ち並ぶ家のどれかに住む誰かに会いに行くんじゃないか、なんて考えたくもない想像をしてしまう。

可愛い女の子だったら、どうしよう。

——浮気とかじゃねーから、安心しろって。

浮かんでしまった俺の思考に被さるように、肇に言われた言葉が思い起こされた。肇には「そんな心配はしてない」なんて言ったくせに、まんまと肇の予想通りに不安になっている。

肇は違うと言った。過去にはそんな肇を信じられずに、一度は破局という道を選んでしまった苦い思い出が脳裏に蘇《よみがえ》る。せっかく復縁できたのだ、二度とあんな結末を迎えたくはない。

なにやってるんだろう、俺。肇を信じるとか言っていたくせに、結局疑うような真似をしてこんなところまで来てしまった。これじゃ肇に隠れて、肇の秘密を暴こうとしているのと同じだ。

こんなこと、やめよう。

足を止めた俺は、小さくなっていく肇の背中に向かって「ごめん」とつぶやいた。呼び止めて直接謝る勇気は出なかった。急ぐ肇を引き止めるのが忍びなかったというのと、あとをつけていたと知ったら肇はきっと気分を悪くするだろうと思ったからだ。

今日のことは一生俺の中で抱えて生きていこう。そう決意して、俺は踵《きびす》を返した。

駅への道を戻りながら考える。

肇が俺に隠す用事も、どこへ向かっていたのかも、なにもかもわからないままだ。だけどこんな平和そうな住宅地で、危ないことをしているとも考えにくい。

ただ俺の頭にちらついて離れないのが、肇の疲れた顔だった。

どんな事情があるのか知らないけど、あんまり無理はしてほしくない。そのことだけはちゃんと伝えるべきだろう。肇の用事に口を出す気はもうないけど、恋人として肇を心配するくらいは許されるはずだ。

考えがまとまったところで、ふと顔を上げた俺は違和感を覚えた。考え事に集中しすぎたせいで、さっき通ったのとは違う道へ来てしまったようだ。まるで見覚えのない町並みが広がっている。

ここ、どこだろう。

不安に駆られた俺は足を止め、カバンからスマホを取り出した。だけど電源ボタンを押し込んでも、いつものように画面が点灯することはない。さらに何度か繰り返しても、ボタンを長押ししてみても、うんともすんとも言わないままだ。

もしかして、電池切れてる……？　でもどうして、いつから。ちゃんと充電してあったはずなのに。

ここでようやく、俺は昨晩のことを思い出した。

そういえば昨日の夜はベッドに入ったあと、「恋人　隠し事」「尾行　やり方」なんて検索ばかりして過ごしたんだった。いつの間にか眠ってしまっていたから、充電ケーブルをスマホに差し込んだ覚えはない。

酷使された挙げ句、充電器につながれることのないまま朝を迎えたスマホは、俺の知らないうちに事切れていたらしい。

さっきまでの俺は、肇の後ろをついていくことだけに集中していたから、途中になにがあるかなんてまったく意識していなかった。帰り道なんてわかるはずもない。

スマホはダメ。自分の記憶も頼りにならない。誰かに尋ねようにも、ここへ来るまで人っ子一人見かけていない。

どうしよう、困った。

焦る俺にさらなる追い打ちをかけるのが、じりじりと焼けつくような日の光だ。もう九月に入ったというのに、秋らしさはまったく感じられない。

額に浮かぶ汗を手の甲で拭う。暑さでめまいさえ覚えた俺は、耐えきれず道の脇にしゃがみ込んだ。

なんか、気持ち悪いかも……。

こういう時ってなにか飲むべきなんだっけ。でも飲み物は持ってきていないし、買いに行こうにも場所がわからない。動き回るような元気も湧いてこない。どうしようもない不安ばかりが胸のうちを埋め尽くしていく。

きっとバチが当たったんだ。尾行なんて、肇の心に土足で踏み入るような真似をしたから。

こんな自分が情けなさすぎて、目には涙まで浮かんでくる。

落とした涙で地面に染みができる頃、突然うなじに刺すような刺激が走った。驚きのあまり飛び上がった俺は、遅れてそれが冷たさであることに気づく。

「なに、つめた……」

なにが起こったんだと振り返れば、そこには俺と同じように座り込んでいる肇の姿があった。

肇はこちらを見つめて心配そうに眉を下げている。

肇の手には結露したペットボトルが握られていた。さっきの刺激の正体はこれだったのか。

肇がなんでここに。それに、いつの間にこんなに近くに来ていたんだろう。全然気づかなかった。

「とりあえず飲めよ。お前、顔真っ赤」

呆然《ぼうぜん》とする俺を急かすように、キャップをひねって外した肇は俺の手にペットボトルを押しつけてくる。手のひらから伝わる冷たさが心地いい。

言われるがままに口をつけると、なめらかな水が喉を潤していくのがわかった。自分で思っていたよりも体は水分を欲していたようで、声が漏れてしまうくらい夢中で嚥下《えんげ》を繰り返す。

半分ほど飲んだところで口を離して、いまだにこちらをじっと見つめてくる肇に視線を移した。肇の額には汗が浮かび、肩で息をしているのがわかる。

もしかしてこの水、急いで買ってきてくれたのかな。

ぼんやりしていたら、肇にペットボトルを取り上げられてしまった。肇も飲みたかったのかな、いっぱい飲んじゃって悪かったな。そんなことを考えたけど、肇はふたを閉めているようだ。

続けて立ち上がった肇は、こちらに手を差し伸べてくる。

「もう少し歩ける？　すぐそこに休める場所あるから」

肇の優しさに頷くだけで答えた俺は、差し出された手を取ったのだった。

肇に連れてこられたのは、一軒のおしゃれなカフェだった。

ナチュラルな雰囲気の内装に、流れるＢＧＭはゆったりとした曲調。なんだか落ち着く空間だ。

座り心地のいい椅子に背中を預けると、つい安堵のため息が漏れた。

時間帯のせいだろうか。テーブルの半分くらいを埋めるお客さんは大人の女性ばかり。会話を楽しむ人もいれば、読書や作業に集中する人も見られた。

ここに肇の姿はない。この店に着いてすぐ、俺をカウンター席に座るよう促すと、「ちょっと待ってろ」と言い残してどこかへ行ってしまったのだ。

学校を出てからずっと、肇の歩くテンポが緩まることはなかった。肇は「用事」のために急いでいたんだろう。それなのに俺のせいで時間を奪ってしまっている。

遅れちゃって大丈夫なのかな。どんな用事なのかわからないけど、肇の邪魔はしたくない。

戻ってきたらすぐ、俺はもう大丈夫だからと伝えよう。肇を送り出したあとは、少しここで休んでから、お店の人に駅までの道を聞いてまっすぐ帰ろうと決めた。

ふと、また喉の渇きを思い出して気がついた。そういえば、店員さんがやって来る気配がない。普通ならお水を持ってきたり、メニューを聞きに来たりしそうなものだけど。そもそも案内されるのを待たず、肇に導かれるまま席についてしまってよかったんだろうか。

そわそわしながら店員さんが訪れるのを待っていると、横から伸びてきた手が俺の前にグラスを置くのが見えた。どうやら遅れていただけのようだ。きっと忙しかったんだろう。

ほっとした俺は、店員さんを確認するべく顔を上げたのだけど、そこに立っていたのは制服姿の肇だった。トイレにでも行っているのかと思ったら、飲み物を持ってくるんだから驚きだ。

肇とグラスを交互に眺めた俺は、そこで初めて気がついた。グラスに注がれているのは無色透明の水じゃない。コーラルピンクが愛らしい飲み物だった。添えられたグレープフルーツがおしゃれだ。

目で勧められるままにストローで一口含んでみると、爽やかな甘みが口の中に広がっていく。

「おいしい……！　なにこれ、初めて飲んだかも」

「ピンクレモネード。熱中症にはいいかと思って」

どうやら肇は俺のために飲み物を取りに行ってくれていたようだ。肇の心遣いが嬉しい。でも、なんで肇が、と不思議にも思う。

「それ飲んでもうちょっと休んでろ。着替えてくるから」

そして隣の席に座ることなく、肇はそそくさと店の奥に隠れてしまった。

着替える、と肇は言っていた。だけど一見して肇の装いに乱れはなかった。

もし見えないところでなにか不都合が起きていたんだとしても、肇が向かうべきはトイレのはず。従業員以外が立ち入ることを許されない、バックヤードに入っていく意味がわからない。

肇がドリンクを持ってくるというのもおかしな話だ。最初はセルフサービスのお店なのかと思ったけど、テーブル席にケーキやドリンクを運ぶ店員さんを見つけられるってことは、違うのだろう。

ここまで来ると、肇の言っていた「用事」にもおのずと見当がついてしまう。だけどいまいち確信できない。

さっきから目で追ってしまっていた店員さんが、テーブル席での提供を終えて振り返る。顔がこちらを向くとわかったのに、考え込んでいた俺は目をそらすのを忘れて、ばっちり視線がぶつかってしまった。まずいと思った時にはもう遅い。俺が見ていたことに気づいた店員さんは、にっこり微笑んでカウンターまで来てしまった。

どうしよう、呼んだわけじゃなかったんだけど。ただ見てただけって言ったら失礼かな。なにか注文したほうがいいかな。

「君、もしかして肇くんのお友だち?」

慌てる俺にかけられたのは、やけに弾んだ声音だった。そして俺の返事を聞くより先に、俺の前にお水とおしぼりを置いてくれる。

注文を聞きにきたわけじゃなかったんだ。ほっと胸を撫《な》で下ろしてから、さっきの質問に頷いてみせた。すると明るい髪色の店員さんは、「そうなんだ!」と目を輝かせている。

なんだか愛嬌のある人だ。くるくると変わる表情が見ていて楽しい。だいぶ年上に見えるけど、親しみやすさみたいなものを感じさせる。

「バイト始めてひと月経つけど、肇くん友だちの話とか全然しないし。ちょっと心配してたんだよね……でも君みたいな友だちがいるならよかったよ!」

店員さんの言葉で、俺の予想は確信に変わった。

やっぱり、肇はここでアルバイトを始めていたらしい。だけどなんで急にバイトなんて始めたのか、それが俺にはわからなかった。

お金に困っているようには見えないし、進んで社会勉強とかを考えるようなタイプでもない。そして選んだのがカフェ店員ってところも意外だ。

きっと俺の顔には驚きが滲み出ていたんだろう。それまで流れるように話をしていた店員さんが、きょとんと目を丸くするのがわかった。

「あれ？　もしかして、知らずに来た感じ？」

「はい。肇は隠したかったみたいで」

「えーそうなんだ、なんでだろ。肇くん、すっごい頑張ってくれてるのに。真面目だし、接客も丁寧だし。めちゃくちゃ助かってるんだよ。無表情だけど、そこも意外とお客さんにウケてるし」

「肇が……」

真面目、丁寧、頑張っている。肇の評価として考えた時、どれもなじみがない言葉ばかりだ。バイトを始めたと聞いた時は、ちゃんとできているのかと少しだけ不安が頭をかすめたけど、肇なりに本気で取り組んでいるらしい。なんだか兄のような気持ちで、肇の成長に感動してしまう。

そしておしゃべりな店員さんの話は続く。

この店員さん、実はカフェの店長さんなんだそう。さらに言うなら、あき兄の高校時代の先輩でもあったらしい。

二人は高校を卒業した今でも連絡を取っていて、店長さんはたまにあき兄をご飯に連れて行っているんだそうだ。あき兄が落ち着いて見えるせいか、店長さんのほうが若く感じたけど、実は二つ年上とのことだった。

ある日、この店で急きょ育休を取得したいという社員さんが出た。期間は三カ月。おめでたいことだし、奥さんをしっかりサポートしてやってくれと送り出したはいいものの、抜けた穴は大きく、カフェは大打撃を受けてしまう。

困った店長さんの頭に浮かんだのが、高校時代の後輩であるあき兄の顔だった。きっと彰人なら即戦力になってくれる。店長さんはそんな期待を抱いたけど、残念ながらあき兄も大学にバイトにと忙しい生活を送っている。

あき兄に断られ、求人誌からの応募もなし。このままでは三カ月働き詰めだと途方に暮れる中、「自分の代わりに」と紹介されたのが、あき兄の弟である肇だったそうだ。

肇が自分から接客の仕事を選ぶなんて、らしくないと思っていたから、あき兄が関わっていると聞いて納得した。だけど肇はあき兄に対して素直じゃないところがあるし、あき兄からの頼みをすんなり聞いたというのは、やっぱり意外だ。

それにしてもここまで聞く限り、肇がバイトを始めたことを俺に隠さなきゃいけないような理由は見つからない。なんで肇は俺に黙っていたんだろう。

店長さんの話に相づちを打っていると、すぐそばから咳払いが聞こえてきた。そこには居心地悪そうに眉根を寄せる肇の姿があった。

「いつまでしゃべってんすか、店長。フード入りましたよ」

「わっ、ごめんごめん。じゃ、ゆっくりしていってね！」

肇から指摘を受けて、店長さんはしゃべりすぎたと自覚したらしい。実は結構前から「これ俺が聞いていいやつかな」と不安になっていたから、肇が止めてくれて助かった。きっと俺があき兄とも仲が良いことを知って、話に拍車がかかってしまったんだろう。

店長さんは肇に謝ると、俺に気遣いを残して足早に店の奥へ戻っていった。にぎやかな人だ。

店長さんと入れ替わるように俺の隣に立った肇の格好を眺めてみる。

袖のまくられたシャツに、タイトなパンツ。腰に巻かれた長めのエプロン。すべてが黒で統一された細身のシルエットは、肇のスタイルの良さを強調していて、とてもよく似合っている。大人っぽいデザインのせいもあって、肇を知らない人が見れば大学生と見間違うかもしれない。

じっと見つめられるのに耐えきれなくなったのか、俺の視線から逃げるように肇は顔を背けてしまった。横を向いたことで、黒いシャツに垂れ下がるグレージュの襟足がよく映えることに気づく。つい見惚れて、きれいだと思った。

「バイト、始めたんだ」

「ん」

「なんで黙ってたの」

「……恥ずいだろ、身内に接客してるとこ見られんの。バイトやるなんて言ったら、絶対見に来ると思ったし」

店長さんの話から、肇が接客の仕事を選んだことには納得できた。だけど俺に隠していた理由がわからず、きっとそこに大きな謎が隠されているんだろうと勝手に予想していた。

それがまさか、ただの照れ隠しだったなんて。変な想像ばかりして悩んでいた自分がバカらしく思えてくる。

「今更じゃん？　中学の文化祭の時もウェイターやってたし」

「あんなのお遊びだろ」

どうやら肇が見せたくなかったのは、ただの働いている姿ではなく、「真面目に」働いている姿だったらしい。別に茶化したりしないのに。でも逆の立場で考えてみると、確かに気恥ずかしく思う気持ちも理解できた。

そしてさり気なく俺のことを「身内」と言ってくれた喜びを噛みしめる。

さっき店長さんの質問に、俺は「肇の友だち」だと答えた。ここに嘘はない。

だけど俺たちの関係はそれだけじゃなくて、もっと特別な関係でもある。そのことを肇が自然と口にしてくれたのが嬉しかった。

「でもなんでバイト？」

「……欲しいやつがあって」

「へえ、そうなんだ」

言いづらそうにするからなにかと思えば、すごくありきたりな理由だった。

あまり物に執着しない肇にしてはめずらしいな、とは思う。でも同じ高校生として、おこづかいのやりくりがなかなか厳しいことを知っている。欲しいものができた時、おこづかいの前借りや我慢を考えるよりも、バイトを探すほうが自然に思えた。

「そういえば、なんであそこに俺がいるってわかったの」

この店に来る前、気分が悪くなった俺を見つけた肇の様子は、偶然通りかかったところという感じではなかった。差し出されたのはよく冷えた水だった。きっと俺が熱中症になりかけていると気づいて、急いで買ってきたものだろう。

肇が尾行に気づいていたとは思えない。俺は細心の注意を払っていたし、肇に周りを怪しむ素振りもなかった。

じゃあ肇はいつ俺があそこにいると知ったのか。

「わかった、つか。ずっとあとつけてきてるのに気づいてた」

なんでもないことのように言ってのける肇を見て、俺は息をのんだ。

「い、いつから……？」

「初めから。木に張り付いてなにしてんだって思ってたら、後ろついてくるから」

肇が校舎から出てくるまでの間、俺は校門近くに植えられた木陰に身を隠していた。

自分の中ではいい隠れ場所を見つけたつもりだったけど、まさかバレバレだったということだろうか。他の生徒にも変な目で見られていたかと思うと、恥ずかしすぎて死にたくなってくる。

「じゃあなんで知らないふりしてたの⁉」

「お前、頑固なとこあるし、撒《ま》いてもまた別の日に尾けてくるだろ。どうすっかなって考えてたら、いつの間にかいなくなってるからビビった」

「……肇、ここ最近ずっと疲れた顔してるのが、気になって」

「あー、学校との両立に慣れるまでちょいかかった。心配かけたなら、ごめん」

「怒らないの……？」

「別に。唯に負担かけてるのはわかってたし」

肇の言葉に嘘はない。普通は尾行なんてされたら、誰だって気分を悪くするものだ。だけど肇は怒るどころか、本気で俺を気にかけてくれていたことが伝わってくる。

途中ではぐれたのだって、放っておけばよかったのに。律義にも肇は来た道を戻ってさがしてくれたのだ。そして見つけた幼なじみは真っ赤な顔でへたり込んでいるんだから、肇は驚いただろう。

肇の優しさには頭が上がらない。

「……ごめん」

「だから怒ってないって」

「すいませーん」

「はい」

テーブル席のお客さんから声がかかると、張りのある返事が店内に響いた。肇は俺に目線だけで断って、カウンターを離れていく。

肇ってあんな声出せるんだ。

普段は見られない幼なじみの姿を目の当たりにして、見られたくないと言われたことも忘れてつい目で追ってしまう。

肇は注文を取っているようだ。頷きながら紙になにかを書きつけている。その姿は確かに中学の時とは違って見えた。

質問されたメニューの内容にスラスラと答えているし、いつものように口調が乱れることもない。注文を聞き終えたあとは復唱するのも忘れず、オーダーを厨房に通したら別のテーブルで水を注ぎ足している。

接客を受けた女性客は、みんな揃って肇に見惚れているようだ。気持ちはわかる。だけど中学の時のように騒ぎにならずに済んでいるのは、利用客が大人の女性ばかりなせいだろう。口には出さずとも、密かにファンになっている人は多そうだ。

「……見すぎ」

「あ、ごめん。つい」

戻ってきた肇がじとりとした目でこちらを睨んでくる。素直に謝れば、今度は顔をぐいと寄せられた。耳に息がかかるほどの近さに、思わずびくりと体が跳ねた。

「唯の視線熱すぎ。そんなにこの格好、気に入った？」

さっきまでの温度を感じさせない表情はどこへやら。頬をくすぐる吐息が熱い。顔にのぼってくる火照りは、さっき道でしゃがみ込んでいた時とは違って、嫌な感じはまったくしない。

うまく言葉が出てこなかったから、代わりに小さく頷いてみた。すると耳に吹き込まれたのは、まるで愛を確かめ合っている時のように甘ったるい声音だった。

「じゃあ今度、これ着てうちでしよっか」

耐えかねた俺が顔を上げれば、肇は艶っぽい笑みを浮かべて踵を返すところだった。後ろ手にひらりと手を振って、店の奥に姿を隠してしまう。

からかわれた、のかな。だけど肇の瞳は、俺を強く求めている時と同じ色をしていた。あの肇が本気でなかったことなんてない。

ジタバタしたい気持ちをこらえて、耳を押さえて顔を伏せる。こんな顔を誰かに見られてしまえば、きっと肇に恋をしているとすぐにバレてしまうだろうと思った。

体に灯《とも》った熱を冷ますように、溶けた氷で薄まったレモネードを飲み干した。

「お前、また来たんか」

すでになじんだカフェの一角で、呆《あき》れた顔をしたウェイターがカウンターに水を置く。店員がお客さんに向ける表情ではないけど、幼なじみという関係だからこそ見られるんだと考えると悪くない気分だ。

そして俺は、肇の言葉に胸を張って答えた。

「あき兄に頼まれたからね」


あれは昨日のことだ。

バスを降りて家までの道を歩いていた俺は、あき兄に声をかけられた。あき兄も俺と同じく学校からの帰り道だったらしい。

「今帰り？　一人なんてめずらしい……ああ、そっか。肇は」

「うん、今日も帰りにそのままバイト」

「肇、バイトとか初めてだし、大変じゃないかって密かに心配してるんだよね」

「この前行ったけど、全然そんな感じしなかったよ。店長さんも助かってるって言ってたし」

俺の返事を聞いたあき兄は、なぜか目を丸くしている。

なにかおかしいことを言ったかな。不思議に思った俺が首を傾《かし》げると、今度は嬉しそうに目を細めた。

「俺には来るなってめちゃくちゃ念を押してたんだけど、やっぱり唯は特別なんだな」

「俺にも来てほしくなかったみたい。最初はバイトのことも、終わるまで隠し通す気だったみたたいだし」

「でも、もう来るなとは言われなかったんじゃない？」

「それは……そうかも」

あれから肇のバイト先には何度か足を運んでいるけど、嫌そうな顔をされたことは一度もない。むしろ俺が店に来ると、肇が嬉しそうにしていると店長さんが教えてくれたっけ。

外が暗くなってくると「危ないから帰れ」と言われてしまうから、時間は気にするようにしている。だけどそれ以外で肇に制限されたことはなかった。

肇なりに歓迎してくれていたのだと、あき兄と話していて気がついた。もしかしたら肇も俺と同じように、一緒に過ごす時間が減ったことをさみしく思っていたのかもしれない。

「唯」

「なに？」

「俺の代わりに、肇の様子を見てきてくれると助かる」

そう言って俺を見つめるあき兄の目は、どこまでも優しい色をしていた。

「よけいなお世話。お節介、過保護」

あき兄とのやり取りをかいつまんで説明すると、肇は不機嫌を隠しもしない顔と声で吐き捨てた。

確かに俺から見てもあき兄は、肇に対してちょっとブラコン気味だ。同じく妹がいる身としては、俺も気をつけなければと思う。

だけど肇のこの顔は、素直になれない気持ちの表れでもある。自分のことを気にかけてくれるあき兄の優しさが嬉しくないわけじゃない。だけどいつまで経っても子ども扱いされているようで、居心地悪く感じてしまうんだろう。

「唯もあんま兄貴に構うなよ」

「なんで？」

「……俺のいないとこで仲良くされんの、ムカつくし」

「肇のいるとこならいいの？」

「いいわけあるか」

「全部ダメじゃん」

「とにかく、兄貴に余計なこと言うの禁止な」

配膳のカウンターに湯気が立つ料理が準備されるのを確認した肇は、そう話を締めて仕事に戻っていった。残された俺は一人、ピンクレモネードに口をつけながら肇の背中を目で追う。

肇がバイトを始めてから二カ月以上が経った。学校帰りにほぼ毎日出勤しているだけあって、今では立派な戦力なんだろう。

店長さんからは、育休中の社員さんが復帰したあとも、シフトを減らして働いてくれないかと相談されたそうだ。だけど肇は素気なく断ったらしい。

その話を聞いた時、俺は「ふうん」なんて気のない声を返した。だけど心の中で安心していたのは、ここだけの話だ。

夏休みが終わって一カ月と少し。肇のいない下校時間はやたらと長く感じてしまって、いまだ慣れる気配がない。さみしさからつい肇のバイト先を覗きに来てしまうくらいには、恋しく思っているのだ。この三カ月が早く通り過ぎてくれることを誰より願っているのは、きっと俺だろう。だけどそんな日々もあと少しで終わり。肇のウェイター姿ももうすぐ見納めだと考えると、現金なものでなんだか惜しくなってくる。

今度お客さんが少ない日に、写真撮らせてってお願いしてみようかな。きっと嫌そうな顔をするんだろうな。でもそのあとで、渋々でも応じてくれることを知っている。肇は優しいから。

そして俺は写真を見返すたび、その日のことを思い出すのだろう。想像しただけで頬が緩んだ。

ズズズ、とストローが音を立ててレモネードの終わりを知らせてくれる。今日は一緒に頼んだチーズケーキもだいぶ前に食べ終えてしまっている。できることならもう少しここにいたいけど、これ以上なにか注文するのはお財布事情的に厳しいものがある。

もうすぐ外も暗くなる頃だ。肇に心配かけないよう、今日はそろそろ帰ることにしよう。

ストローから口を離し、スマホに目を落とす。母親から、今日は何時に帰るかと連絡が入っていた。

返信しようと通知をタップしかけて、すぐそばで人の気配を感じた俺は指を止めた。横目で確認すると、さっきまで離れた席にいたはずの女性客が、俺の席の二つ隣に座っている。

今日のこの時間、店内のテーブル席はすべて埋まっているものの、カウンターは俺とその人しかいない。わざわざ移動してきた理由が見つからない。

なんで、こんな近くに。

きっと俺が不審げな視線を送っていたことに気づいたんだろう。不意に女の人がこちらを向いて、まるで俺を安心させるかのように微笑んでみせた。

だけどその笑みを見て、俺は親しみを覚えるどころか、ぞくりと寒気のようなものが背筋を這うのを感じてしまう。女の人のきれいに化粧を施した目が、三日月の形に歪《ゆが》んで見えた。

「ねえ、君。肇くんのお友だち？」

最近どこかで聞いたセリフだ。ああ、そうだ。初めてこの店を訪れた日に、店長さんから同じことを聞かれたんだっけ。

だけどあの時とは違う。まるで品定めするような目つきは、自然と俺の表情を強張らせる。

「よく肇くんに会いに来てるわよね。いつも仲良さそうに話してるから、そうなのかなって思ってたの」

「は、はあ……」

俺がこの店に足を向ける曜日や時間帯に規則性はない。だけど俺が「よく」来ていることを知っているということは、この人は俺以上に頻繁に店を訪れているんだろう。

常連客が話し相手を求めて俺に声をかけたんだろうか。

だけど女の人の柔らかな声音には、奥になにかを隠しているようなこわさを感じさせる。きっと意味があって話しかけてきたんだと、俺には確信があった。

そんなことを考えていると、女の人が突然こちらに身を乗り出してきた。思わずのけぞりそうになるのをこらえると、内緒話するみたいな小さな声が俺の鼓膜をつついた。

「実は私、肇くん目当てで通ってるの」

「目当て……？」

「お付き合いしたいなあって思って。だから肇くんのことをもっと知りたくて。よければお話聞かせてもらえないかな」

ああ、わかった。俺が感じている背中のざわざわの正体が。

これまでにも何度か経験がある。肇を好きな女子から牽制《けんせい》される、この感じ。同じ年頃の女子と違って、大人のこの人は隠すのがうまくてすぐには気づけなかった。

「肇くんとはどんな知り合い？　同級生……ではないだろうし、先輩後輩とか？　肇くんってどこの学校に通ってるのかな。彼女がいるとか聞いたことある？」

戸惑う俺を無視して、畳みかけるような質問が次々に飛んでくる。だけど俺の頭には一つだって残ることなく、耳を通り過ぎていく。

そして女の人も俺に答えなんて求めていないのだろう。なにかを思い出すかのようにうっとりと目を細めたかと思えば、今度は自分語りまで始めてしまった。

「肇くんの接客って、丁寧だけど淡白じゃない？　初めは私に対してもそうだったんだけど、通ううちにだんだんと私には心を許してくれていくのがわかってね。お仕事の邪魔しちゃいけないと思って話しかけたことはないんだけど、彼もそんな私の気遣いをわかってくれていて。言葉を交わさなくても育める愛ってあるんだなって、肇くんと出会って知ったのよね。ああ、そうなの。さっきは片想いみたいなニュアンスで話したんだけど、実は肇くんも私のことを……」

まるで少女のように頬を染めて、声を弾ませる女の人の姿は、一見して愛らしい。だけどその目を見れば、正気でないことは明らかだ。

危ない人だ、関わるべきじゃない。きっとここでの俺が取るべき最善の行動は、下手に刺激せずただ笑ってやり過ごすことだけだ。

だけど、女の人がこのあと続けるであろう言葉を想像してしまってからはダメだった。

聞きたくないと心が強く拒絶する。それがこの人の勝手な思い込みだとわかっていても、俺にとっては受け入れがたいものだった。

「こ、恋人がいるって、言ってたので……違うと、思います……」

あれ、俺いまなに言った……？

おかしな人だ、触れちゃいけない。そう考えながらも、気づけば女の人の声を遮っているんだから驚いた。しかも反論のつもりだったんだろうけど、蚊の鳴くような声しか出てこなかったから、正しく伝わっているかもあやしい。我に返ると途端に恥ずかしさがこみ上げてくる。

なにやってるんだよ、俺！

自分のしでかしたことに耐えきれなくなった俺は、女の人から目をそらした。話を遮ってしまったあとの反応を見るのがこわかったというのもある。

視線を移したことで、新たな問題が俺の前に突きつけられた。なんと周りのお客さんの目が、すべてこちらに向けられていたのだ。

やばい、めちゃくちゃ目立ってる……！

俺が絞り出したのはとても小さな声だった。あの声で視線を集めてしまったとは考えにくい。きっとその前の、女の人が俺に詰め寄る状況を見て、異変を感じ取ったのだろう。

焦燥感が体中を駆け巡る。騒ぎにしちゃいけない、穏便に済ませなきゃ。そんな思考で頭がいっぱいになっていく。

慌てる俺は視界の端で、女の人のまぶたに乗ったラメがひくりと動くのを見た。いまだ口元に笑みを浮かべてはいるけど、目は全然笑ってない。明らかに気分を害した様子の女の人は、隠しきれていない怒りを滲ませながら、「へえ」と短く吐き出している。

「ああ、そう……恋人いるんだ……でもどうせ子どもの恋愛ごっこでしょう？　きっと長続きなんてしないわよ。どんな子か知らないけど、肇くんもすぐに飽きるに決まってる」

どうやら不運にも、俺のたどたどしいにもほどがある、さっきの声を拾ってしまっていたらしい。驚いた俺がびくりと肩を震わせると、鋭い目で睨みつけられた。

こわい、逃げたい。でも火種を作ってしまったのは俺だ。怒って周りが見えていないこの人を止めなければ、きっと店に迷惑がかかる。

俺がなんとかしなきゃと思う心に反して、頭は重く垂れ下がっていく。女の人の激しい怒りに少し触れただけで、身がすくんで指先一つだって動かせそうにない。

そしてなにより情けないのは、こんな時に頭に浮かぶのがいつも同じ顔だってことだ。

冷たく映る横顔は、俺を見つめる時だけ温度を上げる。想像するだけで恋しさから胸が甘く痛んだ。

肇に助けを求めれば、きっとすべてを放りだしても俺を守ってくれようとするだろう。肇の優しさに包まれることで、どれだけ安心を与えてもらえるかを知っている。

だけど肇は今、仕事という役割に真剣に向き合っている。成長しようと努力する肇の足を、こんなことで引っ張りたくなんてなかった。

やっぱり俺がなんとかするしかない。

萎《しお》れた心を励まして、思い切って顔を上げてみた。だけど奮起した俺の前に広がっていたのは、視界を遮る黒一色だった。

「そのくらいで、他のお客様への迷惑行為はやめていただけますか」

かばうように俺の前に立っていたのは肇だった。途端に冷え切っていた心がぽっと火を灯《とも》すのがわかる。

来てくれたんだ。

肇に頼るまいと意気込んでいた、さっきまでの俺はどこへ行ったのか。姿を見つければ心は勝手に安堵の息を漏らしてしまう。

「め、迷惑なんて……私たち、仲良くお話ししてただけよね？」

「誰がどう見たって、こいつの顔には『困ってる』って書いてありますけどね」

肇の前で嫌な女の顔は見せたくないらしい。女の人は慌てて表情を取り繕ったかと思えば、高い猫なで声を出している。さっきまでの地を這うような低い声とは正反対だ。

だけど肇に通用するはずもない。明らかに媚《こ》びるような視線を向けられた肇は、不快といった表情を隠しもせずに目を細めた。

「こいつの言うように、俺にはめちゃくちゃ可愛い恋人がいるんで。さっき言ってたやつ、全部あんたの勘違いっすよ。悪いけど他あたってください」

肇の冷たい眼差しが女の人を射抜く。お客さんに向けるようなものではないが、肇はすでにこの人を「客として扱う価値なし」と判断したのだろう。

女の人はと言えば、肇の対応に顔色を失ったかと思えば、すぐさま財布からお金を抜き出し、カウンターに置いて逃げるように店を出ていってしまった。

あれだけプライドを傷つけられたのだ、あの人がこのカフェを訪れることはもうないだろう。騒ぎを起こしただけでなく、お客さんまで減らしてしまったという罪悪感で頭が痛い。さらに言うなら、自分でなんとかするとか言っておいて、結局肇を頼ってしまったのも反省すべきだろう。だけど守ってもらえたことは、やっぱり嬉しいという気持ちが勝った。

「ありがと、肇」

「気づくの遅れて悪い」

「ううん。肇の仕事の邪魔しないように、俺がなんとかしなきゃって思ったんだけど……うまくいかなかった」

「唯にしては頑張ったほうだろ」

しょぼくれる俺の頭に乗せられたのは、肇の手のひらだった。俺をなだめるようにぽんぽん触れたかと思えば、続けて優しい声音まで降ってくる。気遣いを感じさせる手つきに、今さらになって涙がこみ上げてきた。

肇はいつも、俺のちっぽけな勇気に気づいてくれる。ちゃんと認めて、褒めてくれる。それが嬉しくて、今日こそちゃんと言葉にしたいと思ったのに、胸がいっぱいで頷くことしかできなかった。

肇のような存在がそばにいてくれることは、当たり前じゃない。肇が俺の心を大事にしてくれるように、俺も肇の心を大事にしたいと強く思った。

それにしても、だ。変なお客さんに関わってしまって、絶対に気分を悪くしていると思ったのに。なんだか妙に上機嫌な肇の様子が気になる。

不思議に思って見上げると、意地悪な笑みを浮かべてこちらを眺めてくる肇の姿があった。さっきまでの柔らかい微笑はどこへいってしまったんだろう。嫌な予感しかしない。

「なに、その顔」

「こわがりの唯が頑張っちゃうくらい、許せなかったんだなーと思って。俺がお前じゃないやつを好きって言われるの」

「ぐっ……！」

やけに機嫌がいいと思ったら、俺をからかうネタを見つけて、喜んでいただけらしい。この話題にはあまり触れられたくないっていうのに、嬉々として触れてくる肇が憎い。

肇が俺以外を好きだなんて、嘘でも聞きたくない。そう思ったら、無意識のうちに女の人の言葉を遮っていた。しかも脈はないって諦めるように促したりして。

それはきっと、俺の中にある肇への執着の表れなんだろう。ちゃんと自分でもわかってる。わかってはいても、素直に認められないところだ。

いつもであれば動揺して大きな声を出してしまっていたかもしれない。だけどここが店の中だということを思い出した俺は、ぐっとこらえて声を吐き出した。

「なにそれ、ウザ。好きって勘違いされるの、肇が困ると思ったんだよ。あー俺って優しい」

「うん、困る。てか、すっげー嫌。俺が好きなのは、唯だけだから」

茶化してみせれば、今度は甘い声音が返ってきた。肇にしてはめずらしく、好意を隠しもしないストレートなセリフだった。耳に届いたそばから体温がぐんぐん上がっていくのがわかる。

耳まで真っ赤にした俺を見下ろして、肇はくつくつと笑い声を漏らしている。俺にはもう、言い返す気力も残っていない。

俺を見つめる肇の視線はどこまでも優しくて、いつまで経っても慣れない俺は、今日も胸を高鳴らせる。

「唯、好きだよ」

俺にだけ聞こえる声で囁《ささや》いた肇の瞳は、ピンクレモネードよりも甘ったるい色をしていた。

あのあと、肇から店長さんに頼んでもらって初めて厨房に入った俺は、すぐに店長さんに頭を下げた。騒ぎを起こしてしまったこと、常連らしきお客さんを減らしてしまったことを謝るためだ。

だけど眉を落とした俺を見て、店長さんは慌てたように首を振ってくれた。俺が巻き込まれただけだということは、厨房から見ていた店長さんも理解していたらしく、むしろ「止めに入れなくてごめん」と謝られてしまった。

店長さんは許してくれたけど、俺に責任がないとは言えない。今後はここに足を運ぶのは控えるべきだろうな、と頭の中で一人つぶやいた。

きっとそんな俺の考えを店長さんは見抜いていたんだろう。気にせずまた遊びに来てよ、と気さくに言ってもらえたのがすごく嬉しかった。

店長さんの言葉に甘えて、それからも何度かお店にお邪魔した。だけどあの日以来なにか事件が起こることはなく、あの女の人が来店することもなく。

肇の初めてのアルバイト期間は、無事に終了したのだった。


こうして、俺たちの日常は戻ってきた。

以前のように、隣に並んで学校からの帰り道を二人で歩く。

肇は口数が多いほうじゃないし、会話が途切れることなんてしょっちゅうだ。だけど沈黙が苦じゃないのは、それだけ心を許し合っているからだろう。

黙っていたって、隣に体温を感じられるような距離で、肩を並べて歩けることが嬉しい。こんなささやかな日常が、かけがえのないものだと気づかせてくれたんだから、肇がバイトを始めたことは俺にとってもいい経験になったと言える。終わったからこそ思えることでもあるんだけど。

そういえば、肇はなにか欲しいものがあってバイトを始めたんだと言っていたっけ。全部終わったらバイトのことを話してくれるつもりだったようだし、目的のものも見せてくれるところまで予定に組み込まれていたはずだ。

肇の欲しいものがなんなのか、実は気になっていた。もう買ったかな。それともこれから行くのかな。ついて行きたいって言ったら迷惑かな。

「唯、このあとちょっと付き合って」

「え？　あ、うん」

欲しいものってなんだったの。そんなふうに聞いてみようと口を開いたけど、俺がなにかを発する前に肇に先を越されてしまった。

俺たちは普段、学校帰りはまっすぐ帰って二人だけの時間を過ごすことが多い。だけど寄り道の提案をすることもたまにあったから、肇の「付き合って」に驚くことはなかった。

でもこのタイミングだ。直前まで考えていたこともあって、きっとバイトで貯《た》めたお金で欲しいものを買いに行くんだろうと予想がついた。

服かな、靴かな。長い付き合いではあるけど、物にあまり執着しない肇の欲しいものを想像するのは難しい。だからこそバイトをしてまで欲しいと思ったものに興味があった。その答えを知れるんだから、買い物に付き合うのは願ったり叶ったりだ。

ふと、もしかしたらという考えが頭をよぎる。肇が今日という日に声をかけてきたものだから、ついその意味を見いだしたくなってしまったんだろう。

でもきっと偶然だ。期待を振り払うように、俺は小さく首を振った。


買い物ならてっきりお店が多い駅前に用があるんだろうと思っていた。だけど肇が大きな駅で降りることはなく、結局いつもと同じようにバスに乗り換えて、最寄りのバス停で降りていく。

肇は俺に「ちょっと付き合って」と言った。欲しいものを買いに行くんだと信じて疑わなかった俺は、肇にどこへ行くのか聞こうともしなかった。でもよく考えてみれば、買い物だなんて肇は一言も言っていないぞ。

あれ、もしかして俺の勘違いだったかな。家に向かっているということは、寄り道でさえなかったのかもしれない。

まさか付き合ってって、家で映画観るのに付き合ってとか、そういう意味だった？　でもいつもは俺に断りなく勝手にＤＶＤとか流し始めるしな。

わざわざ誘ったということは、なにか別の意味があるんじゃないかと考えてしまう。

不思議に思いつつ、バスを降りた俺はいつもの帰り道を歩み始める。そんな俺に、肇は後ろから待ったをかけた。

「唯、今日はこっち」

肇が指さしたのは、家に向かうのとは別の道だった。

あ、やっぱり「付き合って」は寄り道しようという意味で合っていたらしい。だけど肇の示す方向に、目的とするような場所は思い当たらない。

こっちってなにかあったかな。頭にはてなを浮かべた俺を連れた肇は、なじみ深い道を進んでいく。

懐かしい。この道、中学の時は毎日のように通ってたっけ。

当時は通学路として日常的に使っていたけど、卒業してからはめっきりこちら側に来ることはなくなっていた。俺の知らないうちに、なにか新しいお店や場所なんかができたんだろうか。

だけど俺の予想はまたも外れ、記憶の道を逸れることなくたどり着いたのは、さっき思い浮かべた場所でしかなかった。

「なんで、中学……？」

肇に連れられてやって来たのは、俺たちが通っていた中学校だった。

久しぶりに来たな、と外観を楽しむ間もなく、目に飛び込んできたのは校門に飾られた色鮮やかなアーチだ。そして校内の浮ついた雰囲気が外にまで漏れ出しているのがわかる。間違いない、今日は中学の文化祭の日だ。まだ中学に通う妹から日程を聞かされていた気がするけど、今の今まですっかり忘れていた。

肇は俺と一緒に文化祭に来たかったのかな。

だけどもう一般参加の時間はとっくに終了している。それなのに肇が足を止めるそぶりはなく、そのまま中学の敷地内に入っていこうとするから驚いた。

「ちょっと待って！　一般の時間は終わってるだろうし、そろそろ後夜祭が始まる頃だよね？　外部の人間は入れないいんじゃ……」

「許可取った」

驚きすぎて、思考が止まった。

事前に中学校側に連絡を取り、中に入ってもいいと許可をもらっているから問題ない、と肇は言いたいらしい。「なにを当たり前のことを」みたいな顔をしているけど、あまりに予想外で続く言葉が出てこない。

あまりゆっくりしている時間はないのか、ぽかんとしている俺を放って肇はアーチをくぐり始める。我に返った俺は急いでその背中を追った。

すれ違う在校生が、俺たちの姿を物珍しそうに目で追ってくる。そりゃこの時間まで明らかに部外者の高校生が校内をうろついていたら、つい見ちゃうよな。

なんだか気まずくなってうつむく俺と違って、肇は相変わらず平気そうな顔してぐんぐん前を突き進んでいく。心なしか、その横顔には緊張が滲《にじ》んでいるようにも見える。

二人の間に流れる沈黙が、今日ばかりは居心地のいいものではない。こらえきれなくなった俺は、さっき詳しく聞けなかったことを口にしてみることにした。

「後夜祭って、お願いしたら入れてもらえるものなんだね」

「いや、かなり渋られた」

「あ、やっぱり」

「でも粘ったら、交換条件出されて」

「どんな？」

「うちの高校志望してる今の中三が結構いるらしくて、今度そいつらに学校のこととか話すならいいって」

伝手《つて》でもなければ、中学生がＯＢと話す機会なんてなかなか設けられない。実際に通ってみてどうなのか、生の意見を聞くというのはとても参考になるだろう。興味を引くような話をすることも、条件に組み込まれていそうだ。

そんなことよりも、だ。肇がまさかそこまでの根回しをしているとは思わなかった。

後夜祭は在校生のみに許された、特別な課外学習の時間と言っても過言ではない。外部の人間を入れるなんて、きっといい顔はされなかっただろう。だからきっと許可を取るのには苦労したはず。どれだけ食い下がったのかとつい考えてしまう。

それに、肇をＯＢとして受験生の相談役に抜擢《ばってき》するなんて、中学の先生たちも大胆なことをする。肇が後輩たちの前でしっかりしゃべれるとは思えないんだけど。

するとまるで俺の思考を読むように、振り返った肇はいたずらっぽい笑みを浮かべてこう言った。

「ちなみに、『唯も一緒に』って条件で許可取ってるから」

知らないうちに巻き込まれていたことを、俺はこの時初めて知らされたのだった。

・＼●／・

肇が扉を開いた教室は、予想していた通りの場所だった。

校舎四階の空き教室。中学一年のあの日、俺たちが互いに特別な存在だと確認できた、あの場所だ。

教室の入り口で足を止めた俺を置いて、中ほどまで進んだ肇はこちらを振り返る。するとちょうど花火の初めの一つが打ち上がり、まるで肇の背中を押すように輝きを放った。

花火を背負ってこちらを見つめる肇の姿が、四年前のあの日に重なる。こわばりを見せる表情まで、あの時のままだ。

「今日が何の日か、覚えてる？」

今日のことを忘れたことはない。

俺は肇との記念日は、二回あると思っている。肇に告白された日と、肇と復縁できた日。俺にとってはどちらも思い出深い大切な日だ。だけどやっぱりより強く印象に残っているのは、肇と想いを通じ合わせたこの日だった。

四年前の今日。ただの幼なじみだった俺たちは、この場所で恋人になった。

肇も覚えてくれていたんだ。あの日を大切に思っているのは俺だけじゃなかったんだ。そう考えると自然と笑みがこぼれた。

「中学の頃、唯と付き合えたのが嬉しくて。記念日は一生忘れない、きっと毎年一緒に祝うんだろうなって思ってた。俺にとって今日はそれだけ大事な日だったから」

「うん」

「でもそれは叶わなくて」

中学二年の秋。あとひと月足らずで交際一年の記念日を迎えられるという頃、俺たちは別れることを選んだ。

肇を信じられず、子どもじみた嫉妬に駆られた俺が、思ってもいないことを口にしてしまったせいで。

あの時のことを思い出すと、いまだに背筋に冷たいものが走る。悔やんでも悔やみきれないくらい、人生で一番間違った選択をした瞬間だと今も思っている。

「唯と復縁できた時、嬉しかったけど、悔しくもあった。一緒に過ごせたはずの時間は取り戻せない。なんでもっと早く素直になれなかったんだって、後悔して……でも、離れてた期間があったからこそ、俺にとって唯は絶対に手放せない存在なんだって再確認できたから。今では俺たちに必要な時間だったたって思えてる」

「肇……」

「でも二度とあんな思いはごめんだから。三年前、叶えられなかった今日って日を一緒に迎えられたら、この場所で誓おうって決めてた」

肇の真剣な眼差しが俺から外れることはなく、指先だけが俺の手に触れる。いつも以上に冷たい指先からは緊張を感じさせる。安心を与えるような気持ちでぎゅっと握ると、肇の指は大丈夫というように俺の手の甲を優しく撫《な》でた。

そしてすぐに離れていったかと思えば、俺の指先になにか硬いものが当たるのがわかった。輪のようなそれは、そのまま指の輪郭をなぞるように通っていき、付け根でぴたりと止まる。

驚いた俺は、すぐに肇から自分の手に視線を移した。考えられるものは一つしかない。だけど自分の目で確認しなければ信じられないと思った。

そして俺の予想を裏切らず、俺の左手の薬指には真新しいシルバーリングがはまっていた。

「これ……？」

「俺の、誓いの証し。中学の時より大人になったから、ちゃんとしたもの贈りたくて」

「じゃあ肇がバイトしてまで欲しかったものって……」

「これ」

そう言って肇は自分の薬指に、俺が贈られたものと同じ指輪をつけてみせた。

指輪の価値なんて俺にはわからない。だけど露天で売られているようなリングとは異なる輝きが、俺の目に焼き付いて離れない。

俺は肇に大切にされている自覚がある。だけどここまで深く愛されていたことに気づけたのは、今日が初めてかもしれない。

左手を花火の光に照らしてみる。まるで俺の期待に応えるかのように、指輪は眩しく煌《きら》めいている。

そして肇の想いの結晶に心を奪われていた俺は、いつしか頭によぎった言葉を吐き出していた。

「給料三カ月分の指輪って……プロポーズみたい」

言ってしまってから、恥ずかしいセリフだとすぐに思い至った。

肇はただ記念日に想いを形にしてくれただけ。それなのにプロポーズだなんて受け取ったと知られたら、きっと重いと思われてしまうだろう。

違う、そんなつもりじゃない。つい浮かんじゃったから言ってみただけで、そんなことまで求めているわけじゃない。

永遠を誓ってほしいだなんて、無意識にでも思ってしまった自分を恥じた。

「俺はそのくらいの覚悟だった」

笑い飛ばしてしまおうと思った。「なーんて」と付け加えて、冗談にしてしまおうって。

茶化して笑った頬がひくりと震える。肇はちっとも笑ってなんていなかった。

この場所を訪れた時から一度だって解けることのない肇の緊張は、今が一番のピークを迎えているんだろう。真剣な眼差しは緩むことなく、俺の心を射るようだ。

肇の本気さが、痛いくらいに伝わってくる。

「唯、愛してる。これからもずっと、俺と一緒にいてほしい」

後夜祭の盛り上がりは最高潮に達し、打ち上がる花火は佳境を迎えている。だけど次々と夜空を染め上げる花火に、俺たちが目を奪われることはない。どれだけ大きな音が響こうと、俺の耳に届くのは肇の声だけ。

心からの愛を乞う肇の姿は、どんな恋愛ドラマのヒーローよりもきれいだと思った。

ふと頬に温かなものが伝う。それが喜びからあふれた涙なんだと気づく前に、俺は静かに微笑《ほほえ》んでみせた。

「俺も、ずっと肇の隣にいたい」

熱に浮かされたような、蕩《とろ》けた瞳が迫ってくる。誘われるようにそっと目を伏せれば、新たな涙が一筋こぼれ落ちた。

誓いの口づけを交わす俺たちの姿を見つめていたのは、花火の明かりだけだった。

描き下ろし

はじゆいは呼ばれたい

Haji × Yui

山科ってさ
パッ
とっさに隠れちゃった……
やだな
悪口かな……
コソ…

唯って名前
なんだね
こないだ三好が
呼んでんの聞いて
最初ユイの
ことかと思った
あの人も『ゆい』って
名前だっけ

三好に名前で呼ばれるの
けっこうキュンときてだからさ
ユイのことも『ゆい』って呼んでみてよ
聞きたくない……

無理
えーなんで
一回でいいから
唯は唯だけだから

そういえば俺
昔は自分の名前が嫌いだったっけ
名前
男の子なのに唯って名前なの？
女の子みたい

そう
言われるのが
嫌だった
でも
唯って呼ぶの
やめて……
肇は
なんで？

女の子
みたいじゃん
唯って
なんで？
唯は唯だろ
俺は唯って
呼びたい
肇にそう
言われてから
自分の名前が嫌じゃ
なくなったん
だっけ

俺の名前を
俺自身よりも
大切にしてくれる
肇を好きになったんだ
クイ
……肇
ん

唯からなんてめずらしくね
なに嫌なの?
大歓迎

……唯
……もっと呼んで
唯 好きだよ

見すぎ。うざい
今日の唯は素直だったなと思って
忘れて
聞いてたんだろ
俺が『唯は唯だけだから』って言ったの
なっ……！

お前
わかりやすすぎ
バタバタ
顔見せろって
……
ギ

唯も俺以外のやつ『はじめ』って呼ぶなよ
なにそれ

『はじめ』なんて名前の女子なかなかいないでしょ
男でもダメに決まってんだろ
なんで?

相手が女子でも
男子でも
肇は嫉妬
するんだ
こつ
俺も
肇だけにする
ん

すり.
唯
肇

＃あとがき

はじめまして、秋月あかねと申します。

幼なじみであり、恋人でもある。

固い絆で結ばれた肇と唯。

彼らがどのようにして仲を深め、別れと復縁を経験し、どんなふうに成長していくのか。

小学生から高校生までの二人の日常を、楽しく書かせていただきました。

魅力あふれる『肇×唯』という作品に、新たな色を添える機会をいただけて、とても幸せでした。

寛大なお心で受け入れてくださったあゆ河先生には、感謝の気持ちでいっぱいです。

『肇×唯』を生み出してくださったあゆ河先生、携わってくださったすべての方、そしてこの本に出会ってくださった皆さまへ、心から感謝申し上げます。

ありがとうございました。

秋月あかね

ノベル版の『肇×唯』、お手に取ってくださりありがとうございました…！

今回、執筆を担当してくださった秋月さんには本当に感謝の気持ちでいっぱいで、挿絵を描くにあたっていただいた原稿を私自身とても楽しく読ませていただいていました。

素敵な文章で綴《つづ》られるはじゆい、いかがでしたでしょうか…？　私ははじゆいがもっと愛おしくなって、もっと好きになりました。読んでくださったみなさまにも、そう感じていただけたらいいなと願っております。そして、二人の物語をここまで続けることができたのも、ひとえにはじゆいを応援してくださるみなさまのおかげです！　最初は拙い作品だった二人を、みなさまや色んな方々に支えていただいて形にすることができました。本当にありがとうございます…！

またどこかで、みなさまとお会いできましたら幸いです。

あゆ河

ノベル

肇《はじ》×唯《ゆい》

Novel
Haji×Yui

2025年1月28日　初版発行

|著者|
秋月《あきづき》あかね

|イラスト・漫画|
あゆ河《かわ》

|設定協力|
要《かなめ》こころ

|発行者|
山下直久

|発行|
株式会社 KADOKAWA
〒102-8177　東京都千代田区富士見 2-13-3
電話 0570-002-301(ナビダイヤル)

|印刷所|
TOPPANクロレ株式会社

|製本所|
TOPPANクロレ株式会社

Printed in Japan　ISBN 978-4-04-607121-7　C0093